大家写给大家的写作课

黄俊_编著

湖南人民出版社

图书在版编目（CIP）数据

大家写给大家的写作课 / 黄俊编著. —长沙：湖南人民出版社，2020.7

ISBN 978-7-5561-2142-7

I. ①大… II. ①黄… III. ①中国文学—文学创作—通俗读物 IV. ①I206—49

中国版本图书馆CIP数据核字（2020）第049796号

DAJIA XIE GEI DAJIA DE XIEZUO KE

大家写给大家的写作课

编著者 黄 俊
出版统筹 张宇霖
监 制 陈 实
产品经理 傅钦伟
责任编辑 李思远 田 野
责任校对 夏文欢
装帧设计 阿鬼设计

出版发行 湖南人民出版社有限责任公司［http://www.hnppp.com］
地 址 长沙市营盘东路3号
电 话 0731-82683357

印 刷 湖南天闻新华印务有限公司
版 次 2020年7月第1版
2020年7月第1次印刷
开 本 880mm×1230mm 1/32
印 张 7.75
字 数 120千字
书 号 ISBN 978-7-5561-2142-7
定 价 48.00元

营销电话：0731-82221529 （如发现印装质量问题请与出版社调换）

前 言

近年来，“学写作”似乎成了一股热潮，各种写作书籍、写作辅导班层出不穷。对于学生来说，提高写作能力是提高语文成绩的基础；对于已经工作的人来说，提高写作能力是提升综合素质的必要前提。但事实上，写作能力很难像数理化那样通过短期突击培训的方式来实现突飞猛进，知识的积累、语感的培养、经验的获得都需要一个比较长的周期，那些所谓的“速成之道”大多很难奏效。

那么，学作文到底有方法吗？著名语文教育家刘国正先生说过：“作文在有法与无法之间。”这句话可谓是一语中的。所谓“无法”，就是我们前面提到的，学作文需要经过一个长期积淀的过程，有了内在的深厚学养，才能下笔若有神，以不变应万变；所谓“有法”，就是指作文有基本的规则（并非投机取巧、拼凑裁剪的套路），掌握了这些规则就能保证文章拥有良好的“基本面”，此后才有进阶的可能。

对此，民国时代的学者文人其实已经给出了不少经典的答案，他们既强调“饱读诗书”、打好底子的重要性；同时也非常重视对写作基本规则的总结，以期指引后学。本书选取了数位民国大家谈作文的文章，从中我们可以窥见不少“作文的妙法”。

一、作文的态度

写作文首先要端正态度、明确写作目的，包括写什么内容，什么样的文章才叫有血有肉，文章的灵魂是什么，等等。

比如，郭萘西就强调博览群书的重要性，总结了如下四点：“第一，广征博引不怕没有材料；第二，人家说过的话你不会去重写；第三，由于博学深思而别有所悟，必然会产生新思想新见地；第四，采众花而制蜜，你写出来自能炉火纯青，这样，所作纵不能‘流芳百世，亦必能无愧于心了吧’。”同时，他也强调独立思考的重要性，“一篇文章或一首诗的写出，如果没有作者自己的独特的思想、意志、个性与意识，则这文章写出来，也只是人云亦云的东西，必无动人之力……”

在夏丏尊、刘薰宇看来，“所谓好文章，就是达意表情，使读者读了以后能明了作者的本意，感到作者的心情的文章。……综合起来，最要紧的基本条件却有两个：（1）真实——文章是传达自己的意思和情感给别人的东西。倘然自己本来并无这样的意思和情感，当然不应该作表示这样的意思和情感的文章，不然便是说诳了。（2）明确——

文章要能使读的人了解，才算达到作文的目的，所以难解及容易误解的文章，都不能算是好的”。同时，也有必须注意的禁忌：“勿模仿、勿剿袭；须自己造辞，勿漫用成语或典故”；等等。

此外，夏丏尊、刘薰宇还认为，在提笔作文前应该先问六个问题，(1)为什么要作这文？(2)在这文中所要述的是什么？(3)谁在作这文？(4)在什么地方作这文？(5)在什么时候作这文？(6)怎样作这文？用英语来说，就是 Why？ What？ Who？ Where？ When？ How？六字可以称为“六 W”。

二、作文的基本法则

端正了写作态度，明确了写作目的之后，就需要掌握写作的基本法则，学习一些写作的基本技巧，这样才能更好地入门，少走弯路。对此，民国大家们也有不少精辟的总结。

比如，关于如何描写，郭莽西的论断就极为精彩，他说道：“‘描写’是文学作品的写作上必不可少的艺术素养。一般地观察分析起来，‘描写’的唯一条件是具象化，而最最忌的是抽象的说明。……同时，又可以得出下面一个结论：任何千言万语费尽心机的描写，而其所欲完成的目的却只有一个，就是抒情。……这是一个描写的定理。根据这一个定理去评骘一切文学作品，都不难定出它的艺术价值之高下来。根据这一个定理去写作，再也不至跑野马似的无所依归了。”在这段话中，郭莽西对“好的描写”给出了两个评定标准，即具象化和抒情，同时辅以大量的案例说明，很容易就让读者理解了“描写”这一常见写作手法的精髓。

梁启超则专门提到了“文章的规矩”：一是写该说的话。该说的话，是构成文章必要的原料。作文第一步，先把原料搜集齐备，便要判断哪种原料是要的，哪种是不要的。要不要的标准，要相题而定——又要看时候如何，又要看作者的地位如何，又要看读者地位如何。二是要说得照原样。说出原样有两种：客观的原样和主观的原样。客观的原样，指事物之纯粹客观性，像画画一般，画某人便的确是某人，画那处风景便的确是那处风景。这是做记载文最必要的条件。主观的原样，指作者心里头的印象，要把他毫厘不爽地复现到纸墨上来。两者之中，尤以主观的为最紧要。三是令读者完全了解这句话，不掉书袋，善于用浅显的语言把道理讲清楚。

此外，鲁迅指出：“作文的秘诀无他，就是：有真意，去粉饰，少做作，勿卖弄而已。”朱自清提到，作文时先写出详细的纲目，理顺文章脉络。章衣萍认为，文章的结构可分为统一、平均、联结几种基本规则。

在本书中，诸位先生对作文法则从不同的角度、不同的层次进行了解读，提出了不少好的建议，对于想要学写作文的人来说，无疑是窥见初始门径的一个绝佳机会。

三、各文体写作方法

写作文最终还是要落实到具体文体上，不同的文体各有特点，分门别类地掌握写作技巧对于新手来说是非常重要的。在本书中，我们选取了刘薰宇、夏丏尊对于记事文、叙事文、说明文、议论文、小品文各文体的论述，从文体定义、行文逻辑、材料取舍、文字转承等各方面进行了详细分解，让读者能够按图索骥领会各文体的写作技巧。

比如，关于记事文，顺序大概有两种，一以观察的顺序为标准，一以事物本身的关系为标准。而作复杂的记事文，先须注意关系事物全体的材料，然后依次了解各部分；各部分的材料中，又是先列大的，后列小的。进一步，又将记事文分为科学的记事文和文学的记事文，并特别指出文学的记事文需要强化想象和特色。同时，列举了《红楼梦》《水浒传》《复活》等中外名著当中关于人物的描写方式，与理论相印证。如此一来，读者对于记事文该怎么行文布局、需要注意什么、如何抓住重点等也就了然于胸了。

读完本书，读者会发现，这些民国大家讲授的作文技巧明显有别于当下各种所谓“万能”“速成”的“秘诀”，不要小聪明、不使小套路，而是他们通过对中国历代文章得失的总结，并经由长期写作和教学实践而得出的真知灼见。从另一个角度来说，这些民国大家身处一个承前启后的时代，深厚的国学素养、贯通中西的视野使得他们成为很难复制的一代名师，他们所传授的作文之道必然也有着极高的含金量，值得我们不断重温。当然，还是要记住开头那句话，“作文在有法与无法之间”，没有一种方法能适用于所有人，读者应该打牢基础、勤学勤练，根据自身特点去扬长避短，最终找到自己的作文之道！

需要说明的是，本书辑录的各篇文章，均成文于几十年前，彼时的行文和用词造句与当代的习惯、规范有一定的差别，但并不妨碍读者对文章的理解。除明显的错误外，我们没有做出过多的改动。

目 录

第1章

作文的基本态度

国文不是学问

郭莽西

“国文不是学问”这一命题的提出，一定会引起许多人的惊异吧？或者又会有人骂：“又在发狂论啦！”不错，过去是没有这句话的。恰恰相反，过去的老学究们，只认读过“四书五经”，会做“祭文”“挽联”“寿序”，或者会掉几句“古文”调子，哼几句旧“诗”调的人才配称有学问。所以一个国文教师，只要他能娓娓动听地讲解字句，能改得通“作文”，便是一个有学问的人。至于学其他学科如自然科学、社会科学的，则不能称为有学问。“中学为体，西学为用”呢！一切新兴的专门学问，都只如物件，可以“用”而已。可以“用”，就不是学问，而是“俗物”了。“学问”是高贵的东西，不，说“东西”就侮辱了“学问”了。“学问”是只可以藏在那名山里，或“藏经楼”里的。而我现在竟敢一反其道，说国文不是学问了。这还了得！如此离经叛道，不是又要惹得老学究们眼出血了吗？但是，有什么办法呢？真理是属于这一边的。我既发现这真理了，又何能违背真理说话！

现在，我们先问吧："什么是学问呢？"过去似乎都只是信口说着：青年们必须求学问哪！却没有人为"学问"二字下过定义。外国不知有没有可以恰恰译成"学问"的字或词。求之于中国，"学问"二字，最早是《易经》上，"有君子学以聚之，问以辨之"之句。但"学问"二字还没有成为一个词。成为一个词，则是孟子以后的事情。他说："学问之道无他，求其放心而已矣。"但究其意义，与《易经》上所说，初无二致，就是说"学"与"问"之道而已。"学"与"问"都是动词。那么，"学问"二字成为一个独立名词，是从什么时候起的呢？一时，还无从考得。

不过，就现时所流行的这二字来研究，再溯其源，亦不难给它下出一个定义来。清代的学者里如顾炎武、黄宗羲、王夫之、段玉裁，以至于章太炎、胡适之，无疑的，大家都称为他们有学问的。但是从哪里表现出他们是有学问的呢？无疑的大家就会想到《日知录》《天下郡国利病书》《宋元学案》《明儒学案》《读通鉴论》《说文解字注》，还有《章氏丛书》《胡适文存》和《中国哲学史大纲》！那么我们再问，这些著作是从哪里产生出来的呢？《易经》说："君子学以聚之，问以辨之。”孟子说：“学问之道无他，求其放心而已矣。”这里我们可以看出一个程序来，那些著作，是以“求其放心”的态度（恕我断章取义地说一回），“学以聚之，问以辨之”得来的，换句话说，那些著作就是他们一生的“学”与“问”的结晶！“学问”二字成为一个名词，我想一定是从《易经》上那两句蜕化而来的。

不过，要是为“学问”二字下一定义却仍须用那最早的两句话来分析。第一，是“学以聚之”；第二，是“问以辨之”；第三，是“求其放心”。所谓“学以聚之”者，在乎求其“博”；所谓“问以辨之”者，在乎“求其精与真”；“求其放心”者，则在乎求其“无蔽”。这三点，并有其连环性在。“唯其博”，方能有所“辨”；有所“辨”，方能“精”；“精了，方能真”。但是，如果有所“蔽”，则“辨”亦不能“真”也。所以学问之道，必须以客观的态度，多方面地学，学博了，并须不断地问驳，以求其精与真。学与问所得出的结果真，方是自己研究的心得，而这“心得”又一定是有系统的智识。这样我们就可下出一个定义了：凡是用客观的态度，学博了，问辨真了的有系统的心得与智识，便是学问。

这就很明白了。所谓学问便是有系统的智识。反之，便不是学问！换句话说，平时所知道的零星的智识，只是零星的智识而已，不能称为学问！至如仅能背诵《古文观止》，能背诵《唐诗三百首》，或能背诵“四书五经”，或从而能人云亦云地哼几句旧调子的“古文”“八股”与“旧诗”，那更不能称为学问！故黄梨洲在其《明儒学案·发凡》里说：“学问之道，以各人自用得着者为真，凡依门傍户，依样葫芦者，非流俗之士，则经生之业也。……以水济水，岂是学问！”

不过，这里还有一点必须明白的，就是“学”与“问”的对象。过去所谓“学问”，都只是书本子里的东西。但《易经》时代还没有什么书，他亦没指出“学”与“问”的对象仅仅是书。要学要问的是宇宙间森罗万象的一切事物，换句话说，宇宙间的森罗万象，若能求得了解就无一不是知识，这些宇宙间一切森罗万象的智识，只要有一“象”系统化了，便是学问。也就是说，宇宙间森罗万象，要研究起来，就无一不是学问。

从这观点去看一切学科，化学也好，物理也好，生理学也好，动植矿物也好；要细分，电学也好，研究也好，仅是一种病原菌的毕生研究也好，无一不是学问！历史也好，地理也好，那更不必说；就是一地的物产的研究，它也不失为学问。因为它都必须是有条理有系统的智识。是有条理、有系统的智识，都是学问。

再明白些举例吧：一本历史，就纵的说，它一定从太古说到上古，从上古说到中古，又从中古说到近代，从近代说到现代；就横的说，它一定讲到政治，也讲到经济，讲到社会，更讲到学术文化。一本地理，它一定先来个总论，然后分说。都是有条理有系统的智识，所以也都是学问。

但是，我们反观“国文”这一课呢？其错乱纷杂的程度简直是令人不可信的。一本“国文”里，就文字说，忽而一篇文言文，忽而一篇白话文；就文体言，忽而一篇记事文，忽而一篇论说文，又忽而一首诗、一个戏剧；就内容论，忽而一篇讲天文，忽而一篇讲地理，又忽而一篇论到国家大事，又忽而一篇是梦里依稀的情绪的抒写，诸如此类，纷然杂陈，简直令人莫名其妙。近十余年来，教育部的课程标准修正以后，国文的编辑方法也似乎进步了许多，加进了文法、修辞、文章作法之类附加教材了，但有的国文教师对这些附加教材却不曾加以注意，更毋庸说“教”了。所选的文章，未必可为某一人或某一体的代表作姑不必说，而文言、白话依然杂选如故，记叙、论说照样交错而出，内容呢，大都是三五十岁以上的人所有的生活经验或见解与感想，一个十五六岁以下的少年如何能够了解与领受！所以在学校里，除非遇到国文教师有如簧之舌，有其特种才具的，学子们对国文一课，尤其是作文，一闻铃声，就如上刑场的命令发下一样，真是一件苦恼的事。一个题目出来，大家简直不知如何方能涂上几行！按诸实际，实在也是难怪的。一个十余岁的少年，生活经验既然谈不上，学识与思想方法，自然不会有，再加上根本不懂得表达情意的方法，要他们凭空挤出一篇“文章”来，如何可能？常言“巧妇不能为无米之炊”，而他们的则不但无米，就是“巧”也不曾有呀！

一本国文，所选的都是短文，体制之杂又如此；论内容，那自更谈不上系统与条理！则国文不是学问，其理不是一百二十万分的明白了吗？

不过，大家一定要问：我们到学校里为的正是求“学问”，国文既然不是学问，而学校里的国文课程，却自小学直到大学都那么重视，其理何在呢？我们究竟为什么一定要读“国文”呢？

问题就在这里！

学习国文，其目标不是希冀从国文本身去求得学问的，因为国文本身并不是什么某种有系统的专门学问！原来学习国文，目的只在养成运用语文的能力而已。譬如，你今天有什么事要告诉远在千里外的朋友，而暂时又还没有人可以为你驰往报告，也还没有无线电或长途电话让你使用，于是你必须用书牍，而用书牍就必须有运用文字的能力！同样，你若有什么经国大计要贡献，希望当世采纳施行，而暂时又还没有无线电广播之类可以供你使用，则你必须草成长篇大文公布之于杂志报端方可，而草成长篇大文呢，就更需要有运用文字的能力！此外，当你喜怒哀乐的情绪涌来之际，不能发之于美术音乐，而荡气回肠之下，需要发之于抒情的诗文，则你运用文字的能力，就必须超人一等了！论学问，前面所说的有系统有条理的整个“经国大计”便是你的学问。而这“学问”若欲公之于世，你便需要先发表一篇研究的论文，并须附有一个缜密的计划方案的草案，前者用的是“论辩文”，而后者便须用“说明文”的体式！所谓论辩文，所谓说明文，都是文章的体式，此外如记事文、叙事文、抒情文……都是。我们要学习运用文字的能力，便须特别注意这些体式的运用！我们过去读国文，都只是摇头摆身瞎读一番，从不注意所为何事，因之先生一个题目出来，便不知从何下笔！中学毕业了也往往很少人写得通一封像样的信，大学毕业了也很少人能写成几篇合式的文章；明明读了十年以上的国文，而一般不是读国文系或中国文学系的竟认为能写文章根本不是他们分内的事！学习自然科学的人往往一封白话书信亦别字连篇！如此，试问当你对某种学问有什么心得要发表的时候，将如何办法呢？这都是根本不明白学习国文的目标之故。

我曾在一次国文讲演里分析过文章内容的本质，认为不外乎知、情、意三种心理现象的反映，发之于文，则“知”的文章，大体上属于“说明文”的范围；“情”的文章，大体上属于“文学创作”的范围；而“意”的文章，大体上是属于“论辩文”的范围的。我又曾在一次演讲里分析文章的效用，认为不出哲学上的所谓“真”“美”“善”。这些都另有专文论列，兹不具赘。我不过是说当我们读一篇国文时，如果要加以学习、研究、分析的话，我们可以用这尺度衡量。学习写作时，也应该思维一下，要写的题材是属于哪一种心理现象，同时你想获得哪一种效果。这样，当你下笔以前，你就不难选取一种体式、句式和词式了。

总而言之，学习国文的目标，是叫我们学习体式的运用，以及句式、词式的运用的。换句话说，学习国文的目的是在于养成利用文字来表达知、情、意的能力的。

不过，目下的国文教科书，还不能完全担负这种任务，不，在过去也是如此的。所以过去学习国文的人，又往往另外再捧一部《古文辞类纂》或《经史百家杂钞》来作为课外补充读物。但现在是连这也不够了，不但不够，而且也不适用了。谁都知道，时至今日，无论哪一种事象，政治也好，经济也好，社会也好，以至于一切的科学哲学也好，都已复杂到不可思议的程度。那种“义法”很严、篇幅短到可怜的所谓“古文”，实在无法表达这样错综复杂的事象与思想了。例如韩愈的古文，你说是说理的文字吗？通观韩愈一生所作，在学术思想史上可有他的地位？在这方面说，谁也知道，他还不及李翱。你说他的古文是文学作品吗？有几篇够得上这标准？充其极亦只能当得“杂文学”这名词罢了。所以韩愈在当时虽是文坛祭酒，而用现在的眼光去批判他的古文，可以在文坛上不必有他的地位。现在是一个动力的时代，它的特征是快速度，因此一切事都分工愈细则愈好。

运用文字亦复如此。时至现代，需要我们知道的事太多了，不是专门研究国故的人不应把一些可贵的精力消耗在训诂注疏和咬文嚼字的工作上，我们应该绝对屏弃那种古老的文言文的运用，而致力于新的白话文字的创作。谁也知道，白话文学虽已流行了二十余年，大家却还无法写出一张简明堂皇的白话布告或通告。就是一篇短篇的评论文字，写得简洁明净而堂皇的，蔡元培先生以后，除了《大公报》的社评，也几乎很少见到。今后我们学习“国文”，根本不应只捧住一本“国文教科书”。须知学习运用文字能力的机会，随处都是。一本数学教科书，其定义便是最标准的说明文，一个简章的条例亦是如此。一本书的编辑大意或凡例，也是最标准的应用说明文。一部或一篇划时代的小说或诗歌，便是最标准的抒情文。一部研究性质的大著作，便是极有组织极有系统的论说文。现时代表达一种意思或事象，用的都是这些体式，这些方法。所以我们应该随处去学，而且较之国文教科书里可学的要多得不知多少。

学问与生活经验是需要的。若没有学问或没有生活经验，作文便没有了内容，换句话说，根本就用不着作文了。不过，今天所讲的不是求学问的方法，而是讲学习运用文字的方法问题而已。

大家也许问：先生所讲的文章作法，不也是有系统的知识——学问吗？不错，有系统的研究文章作法，也是一种学问。不过，我们学习“国文”，目的却只在养成运用文字的表达能力，并不在希望成为一个“文章学”的学者。

读书、作文、做人

郭莽西

1. 问题的提出

读书，作文，做人，是诸君天天在学习，师长们天天在教导着各位的事，本已不必提出，提出来也许是老生常谈。但我却不怕烦地再提出来说！这自然有原因，原因是我心里有着许多目击的问题。第一，我见着不知多少这样的人，初中毕业了，一封白话信写不通顺；高中毕业了，写不成一篇条鬯有格式的文章。第二，我也不知见着多少这样的青年，初中高中毕业了，却配不上称为一个公民，因他对于国家建设的各项措施，简直茫然不知所以，更谈不上将来担负何种重大的责任。第三，我又见到不知多少人，学识才具都很不错，却只知在牛角尖里打转，或竟至毫无气骨，媚敌求荣，做了汉奸！

这些问题决不小。至于这些问题的症结呢？我们可以毫不遮掩地指出：大家没有把“读书、作文、做人”打成一片去看！

怎样打成一片呢?

时间有限，我就直接地把话说下去!

2. 认清读书与作文的目的

通常一个很显然的现象：大家进学校读书，事先却没有想过“此去是什么目的”。小孩子进小学，只晓得“人”大了总要读书，父母教他去，他便去了。进了中学呢，只晓得此来为的是读书，学校里排着各种功课，各种功课都得读就是了。作文呢，是国文课中的项目而已，学校里定着要做，所以做。并无目的可言！殊不知这种心理现象却铸下了大错。譬如走路，在开步之前，你若没有想过为了什么事，或者根本没有目的地，只是为走路而走路，试问瞎着眼一直走去，走了三日三夜，结果会如何？你不怕跌下了山坑？不怕碰着了岩壁？不怕永远走不回来？所以最先我要提出的，首先应该认清读书为了什么，学习作文又为了什么。干脆些说，一句话，读书与学习作文为的是要到社会上去做人!

谁都知道，一个人长大起来必得到社会上去营人类的共同生活，换句话说，一个人在社会上必得参加为人类社会谋福利的工作，退一步说，也就是为自己求得幸福而愉快的生存。重心就在这里了：你要参加人类社会上各种工作，不是需要充分知道各种知识吗？一个人，初出世时，浑浑噩噩，不识不知；长大起来了，家庭中见闻有限，于是乎有学校，读书。学校是一个人从家庭到社会上去的一座桥梁。在学校里读了书，求得了各部门的基本知识，以至于专门学问，然后出而问世，才能随心应手、左右逢源，说明白些，有事情给你做，你才做得来！同时，你有意思，有思想，有主张，你就需要表达出去。要表达，自然说话也可以，但单能说话显然不够！譬如孔子的学说，他的话你哪能听得见！我现在对各位说话，除了各位，校外人就没有一个能听到。于是乎有了文字。文字要表达得使人信仰，同说话一样，则必须文字动人有条理；所以要学习作文！我要说明中国的大略情形，或说明一个数学的定理，我就需要学习说明文的写作。我要把我的情绪发表出来能使人歌唱或吟咏，我就需要学习诗歌的写作。我要把我所见所闻所感使之能表演于舞台上，我就需要学习戏剧的写作。……

所以我们可以总结一句：读书和作文，并无何种奥义存在，都只是为的到社会上做人要应用！

3. 怎样才能使文章作得通

读书与作文的目的已如上述，现在提出各位最关心的问题，就是，如何才能使“作文”作得通！

这话就说到何以一个青年学生从小学到高中毕业，或竟至大学学业，读了七八年或十年的国文，却不能写出各种应用的文体这一问题了！这原因，一部分固然应怪青年同学自己太懵懂，但大半的原因却得怪教科书的编制不当，和国文教师们的以讲解字句为能事的错误。

我们知道，国文一课并非就是学问。英语、数学、国文等课都只是求学问的一种工具。我们学习国文，目的就在于向古今的文章大家学得撰写各种文体的能力！根据这一观点去批评现在的国文教科书和教学法，便大有值得商榷之处！

依照教育部的规定，初中学生国文一课，应该以养成白话文体的写作能力为原则，到三年级时参酌一点浅明的文言文，以养成阅读粗浅的文言文的能力。但现在一切的初中国文教科书如何？文体的编排既杂乱无章，而文言白话也在第一册里就掺杂出现。这结果，使得学生读是读，写作是写作，完全不能打成一片。进步一点的，例如傅东华编的《复兴国文》（商务版），夏丏尊、叶圣陶合编的《国文百八课》（开明版），都在课文以外，附列文体的介绍与说明，还有文法和修辞，其法不可谓不美，用心也不可谓不深，但所选的课文，还是不免犯着那毛病。而且一般国文教师对编著者最苦心最用力的附带教材，完全略而不讲。《国文百八课》的编制是比较更精审的，但夏、叶二先生在其所著的《文心》第一章便提出的，那青年难于了解、教师难于讲述的鲁迅的《秋夜》，却依然选了进去，这至少就同傅东华一样犯了一个其中相同的错误：根本不体念儿童以至少年所能接受的心理。（傅选朱自清的《给亡妇》和盛焕明的《墓前》，文章虽好，但初中学生哪能体味！不能体味了，又何能接受那教材！）

所以我认为要使青年同学的文章作通起来，首先须把现有的国文教科书完全改编！譬如初中一年级，第一关立刻要用着的便是日记与书信。教科书就应偏重于这方面选取范文，并用附带教材加以指导。——其后各学期均依此类推，唯最后一学年或一学期总得注重应用文以适应目前这环境的需要——尤其是六年制的中学如果实现了的话。

如此一来，教者有了中心，学者也就有了中心了。

不过，目前如何弥补这缺陷呢?

第一，教师应在学期开始的时候，替学生确定一个学习的中心，依此中心去教学，指定课外读物。

第二，学生自己应自警觉，如师长不替你确定中心，则应自行确定，依此中心去学习。

此外，初学时，一篇好文章到手，必须把内容事实有条理地记清楚，逐字逐句求得完全彻底了解，然后按照那内容事实用自己所能运用的文句试写出来；同时，无论写得出或写不出，都须逐句逐字跟原作对对看。写不出的，他怎样写？写得出的，和原作一样否？何以不一样？我的不妥在哪里？再以类似的题材自己试作一篇！……每篇文章，每种文体，如果都用过这样一番功夫，我相信，最多一个学期，一种文体，你可以变成“斫轮老手”了，还怕什么文章作不通？所以我说，初学时，读书除了有方法以外，必须求其精！

4. 怎样才能使文章作得好

我们刚刚说过，学习作文，只是为了求得运用文字的能力！运用文字的能力有了，文章便可作通了。但文章是不是作通了就够呢？当然不够！文章只是一种工具，只是发表知、情、意的一种工具而已。发表出去要使人读了佩服或表同情，而至于起共鸣作用，便非使文章作得好不行！

但怎样才能使文章作得好呢？

曰：读书宜博！

读书博，不但在作文上需要。我们刚才说过，读书的目的也是为了到社会上时要应用，用文章却又不过是做事的方法之一！

诸君不是都不愿落人后的吗？到社会上去不是都不愿意自己屈居在下层的吗？说明白些，不是大家都想出人头地吗？好，能出人头地总是好的，这是有志气的表示。但是，出人头地是不是容易的呢？不！如果容易，蒋委员长也就不值得我们崇拜了！一个出人头地的人物，或者明白些说，一个领袖，他，必须有顾到全部的眼光，观察全部的能力，监督全部的功夫，改进全部的计划，解决全部困难的手腕，犹之他提了一件衣服的领袖，全件衣服都赫然在望，都妥妥帖帖的，整整齐齐的，样子好不好，有没有要改良的地方，裁料好不好，有没有要更改的地方；发见破绽，应如何改造或者补造才好看……他全看得清清楚楚，了如指掌！……

他如何能这样的呢？

曰：博学而已！

要博学，才能有阔大的胸襟，才能有远大的眼光，才能军事、政治、财政、教育，样样都懂，面面都能顾到，事事都能安排，而后才能处处指挥人家！而这些学问，必须在青年时代就打下了根深蒂固的基础！举个例说吧：清朝末季打了太平天国的曾国藩，是大家都知道的。他在带兵以前，不过是默默无闻的一个京官。太平天国起事的时候，他刚回湖南湘乡去着，临时为了自卫，为了防御变患，才办起“团练”

来，他并没有朝廷给他的武官统帅的头衔，但不久，胡林翼、彭玉麟他们的军队都归他指挥了。接着，练水兵，督造船舰。他都能。于是水陆军队全由他指挥作战！招抚安民，也都做得比人家好，一时国内人才全集中在他的门下！他，不但是一个理学上的中兴人物，也是桐城派古文的中兴人物，不但是桐城派古文的中兴人物，而清廷面临溃亡，也是靠他一手扶持的！……然而我们又要问，他何以能如此的呢？

我再回答一句：因为他博学啊！

在《求阙斋日记》里他记着一次问某老师要养成"经济"之才应如何入手，他的老师回答：读史。这话是有道理的，因为一部历史便是几千年来大人物的成功与失败的因果的记载，也是一切政教成败的陈列馆！曾文正公，他，因为平日各种学问都具备，所以一旦事变袭来，便能应付裕如，毫不仓皇！我们将来能否出人头地，能否立下伟大的事业，完全要看现在是否能克服困难，克制时间，是否能把各种学问都具备起来！不过，生为二十世纪的人，必须哲学、科学、文学、艺术，都加以涉猎，单读历史是绝对不够的了！

话说回来。各种学问具备了，接着对某种学问也研究得深入了，那你作起文章来还怕不好吗？第一，广征博引不怕没有材料；第二，人家说过的话你不会去重写；第三，由于博学深思而别有所悟，必然会产生新思想新见地；第四，采众花而制蜜，你写出来自能炉火纯青，这样，所作纵不能“流芳百世”，亦必能无愧于心了吧。

5. 文章的血肉是什么？

不过，话又得分开去说。一篇文章要作得好，是不是书读多了就够的呢？我干脆回答一句：

不够的！

早在二千年前，孟子就说过“尽信书则不如无书！”宋苏辙《上枢密韩太尉书》里说得好：“文者，气之所形！”但“气”是怎样来的呢？他举出两个人为例。他写道：

孟子曰：“吾善养吾浩然之气。”今观其文章，宽厚宏博，充乎天地之间，称其气之大小。太史公行天下，周览四海名山大川，与燕赵间豪俊交游，故其文疏荡，颇有奇气。……辙生十有九年矣……百氏之书，虽无所不读，然皆古人陈迹，不足以激发其志气，恐遂汩没，故决然舍去，求天下奇闻壮观，以知天地之广大！……

这就很明白了。苏辙十九岁便能写出这样千古不朽的文章，便因为他百氏之书已无所不读，但他自己承认，单靠古人之陈迹是绝对不够的，所以要决然舍去，求天下之奇闻壮观。所谓求奇闻壮观者，即所以充实新知识耳。但苏辙还是错误的，因为他的读尽诸子百家，求天下奇闻壮观，都只为的是养气以作文！殊不知读书与作文都只是为的要有用于世。所以他流传下来的文章，大半都只是一个文章壳儿，较之十九岁所作，并无多大进步！反之，去读大政治家王安石的文章，便不同了。他，有气象，有内容，有见地，纵然文章壳儿没有别人的漂亮（其实也不会的），其生命却要比别人的久长！原因是王安石的读书方法与苏辙不同，所以观察宇宙间森罗万象的方法也就不同了。

生为二十世纪的人，他所接触的，看见的，听见的，比之宋代，无论明清，都不知要复杂到若干程度，若再懵懵懂懂地不用适当的方法去研究各部门的书籍，并把全身心投到时代的洪流里去，则我们可以断定，他必落伍，不，他必被时代的潮流淹没了去，更别想“出人头地”，更别想写出有内容有见地的文章！

具体些说吧，譬如你要写一篇中国政治改革问题的文章，你除了有各种政治的学问以外，若不投身到那漩涡里去，则其中的甘苦你根本不能切实地体验到，你虽然写下洋洋数万言，也依然是隔靴搔痒，不着边际，在当事人看来，或竟徒然是大言不惭而已！再以文学作品的描写论吧。尽有不知多少人闹出了笑话。例如今日，你要写一部抗日战史一类的小说，你若根本没有上过火线，只是闭门造车式地写出，则你处处都会闹出很大的笑话来。不但如此，你纵然写出，人家读去，总只觉得浮而不切，连泛泛的情绪都唤不起来，岂不是更大的笑话！……

这种种可笑的现象，就只为的你那文章根本没有血肉！有血肉才会有生命，没有生命的人是没有用的，没有生命的文章自然也只是糟粕而已！

一个人要表现得有生命，要写出有血肉有生命的文章来，必须除了读书渊博以外，更有充实的生活。

6. 文章的灵魂是什么?

说到这里，我们又要问，一个人，骨骼也生成了，血肉也具有了，生命也赋予了，但是他，还没有灵魂，这个人算是完全没有呢？没有的！这种人只能称之为行尸走肉！我们不是常说一个没有“脊椎骨”的人是没有灵魂的吗？这种没有灵魂的人便是行尸走肉！

像这样的人，中国多着。汪精卫便是标准的一个，因为他已没有意志，他已被日本人放在戏台上当作傀儡演出了！

总而言之，一切没有气骨的，不要脸的，只知拍马的，会被收买去做走狗的，被无理压迫却不会反抗的，生为一个人，应该敢笑，敢说，敢哭，敢怒，然而，他不敢！这一切的人，不客气说，都是行尸走肉，都是没有灵魂的人！

像这样的人，中国却多着！而且青年同学里也多着！试问这样没有灵魂的人，要他活着干吗？同样，像这样没有灵魂的文章，又何必写它！

文章的灵魂是什么呢？

文章的灵魂就是作者的思想、意志、个性和意识！一篇文章或一首诗的写出，如果没有作者自己的独特的思想、意志、个性与意识，则这文章写出来，也只是人云亦云的东西，必无动人之力，必无何种响应，必不能博得读者的同情！这灵魂，最容易在文学作品，尤其是诗里表现出来。现在为经济时间，并便利起见，就举几个诗人为例吧。譬如屈原，他是一个忧时忧国的诗人，他目击昏君奸臣当道，国家日趋沦亡，于是忧愁幽思而作《离骚》，于是他唱着："举世皆浊我独清，众人皆醉我独醒！……"又如陶渊明，他，清风亮节，不肯为五斗米而折腰，于是他梦想着桃花源那样无阶级、无生杀予夺的其乐融融的世界，于是他宁愿"环堵萧然，不蔽风日，短褐穿结，箪瓢屡空"！于是他唱着："归去来兮田园将芜！"唱着："采菊东篱下，悠然见南山。山气日夕佳，飞鸟相与还！”又如李白，他是春之骄子，但身处乱世，目击时艰，于是他唱着：“弃我去者，昨日之日不可留；乱我心者，今日之日多烦忧！”他想逃避现实，于是唱着：“问余何事栖碧山，笑而不答心自闲；桃花流水窅然去，别有天地非人间！”再如杜甫，则又不同了。他除了有感应性，还有伟大的同情心！他所写的乃是全人类的苦难。他诅咒无谓的侵略战争，听！他唱：“车辚辚，马萧萧，行人弓箭各在腰；耶娘妻子走相送，尘埃不见咸阳桥！牵衣顿足拦道哭，哭声直上干云霄！……边庭流血成海水，武皇开边意未已！”他自己的茅屋被秋风吹破了，雨脚如麻，漏得满床都是水了，他却还要想到“安得广厦千万间，大庇天下寒士俱欢颜，风雨不动安如山”！他还要想到“何时眼前突兀见此屋，吾庐独破受冻死亦足”！再，就是同一题材，譬如“咏月”，宋太祖赵匡胤吟道：“未离海底千山暗，才到中天万国明！”他不是诗人，但寥寥一十四字，却朗朗地表现出了那开国气象！但唐朝诗人李商隐却吟道：“嫦娥应悔偷灵药，碧海青天夜夜心！”又是何等的凄清、幽怨……

上面所举，虽都仅是寥寥数句，但作者的个性、思想、意识，全都托出来了！这才是真有血肉有灵魂的作品！

各位若欲求得这灵魂，除了多读书、充实生活以外，更要注意自己的脊椎骨直立起来！

7. 人格之最高的表现

现在，关于读书和作文的话已说得不少，进一步有一个问题我们得注意。就是：为什么有许多人，学问很好，文章技术也很成熟，著作也非常丰富，却没有多少人崇拜，身后也非常寂寞；反之，有的人，著作并不多，文章技术也许普通，学问也许并不及前者之渊博，却是举世崇拜，死后万民同哭。这里面就值得我们注意了！

其实，说穿了，也只是一句话：人格崇高而已！

但人格究竟是什么呢？平常，我们只说个人操守好，便是有人格，反之，便是没人格！但作为现代的人而出现，单有个人的操守是不够的。譬如，一个老先生，他，嫖、赌、烟、酒都不会；不义之财，也不取；卑鄙下流的行为，也不做。他，自食其力。墨守道学先生的家教，对于儿女的求新知识，不赞成；打球娱乐，也不赞成；自由恋爱，更所痛恨！他恨儿女读新小说，学新诗；更恨儿女不安心读书，却参加什么救亡运动。他，开口真命天子，闭口我们前清，进而就詈斥。现在这批青年像这样的一位父亲，你说他有高尚的人格吗？那才见鬼！你简直会相信僵尸有灵魂！老实说，像这样的父亲，假如溥仪来叫他做官，他便去了，像郑孝胥、谢介石之流，不折不扣是一个汉奸，你说他有人格不成！这还是比较说有个人“操守”的，至如平日就是个放高利贷的地主、奸商，或是土豪劣绅、贪官污吏，那简直随时会擎了旗子去欢迎倭寇进来，随时会做起维持会的会长的，像这类的父亲，假如你也会服从他的家教，叫他爸爸，那你也是没灵魂的动物！

老实说，人格之最高的表现，就是，勇敢不屈地站在时代的前面，例如，我们的国父中山先生便是一生都站在时代前面的人！对父母，是应该孝的，但如果父母要拉住时代的进步，教他开倒车，他便反抗；对师长，是应尊敬的，但师长所教的不对，他也立刻不客气地提出质问、抗议；对朝廷，向来是要忠的，但他终于掀起了这样大的革命的波涛！直至一手创造下这中华民国！他一生不断地读书，不断地革命，不断地进步，始终站在时代的前面，所以至今日举世崇拜、万世不朽了！由此，我们可以明白中山先生是如何地尊重真理！非真理所在，即父母、师长、朝廷，都在所不顾，他都非奋斗到底不止！

所以，大家不欲作为“现代的人”出现则已，若欲成为“现代的人”而无愧，则除了多读书，多体验生活，多磨炼气骨以外，更要注意这时代进展之迅速，勇敢地站到时代的前面去！非如此，则不能成为现代的人固不必说，即所读的书亦无用，所作之文也只是糟粕而已。时至今日，犹有一般人，古书读得半通不通的，还在迷恋骸骨，唱和，玩诗钟，无聊到这一种地步，还自炫为有旧学根柢呢！其实所写的，全是些吟风弄月、吊古伤今的旧词儿鬼花样！陈词滥调，固不必说，按诸实际，没灵魂的人，哪儿会有有灵魂的作品，打油而已！

那么，诸位一定问，要怎样才能站在时代前面呢？这，我又要说回去了，必须是，把“读书、作文、做人”打成一片！在这里，我要纠正我们一个错误，那便是把“读书”当作是学生时代的事。其实是大谬不然的！学生时代读书只是求得基础而已，而真正的学问、能力，却非到社会上去以后，几年或几十年以后不为功的！书，必须是广泛地读，不断地读，而且必须跟住时代读——直到老死为止。你若不曾广泛地读，你便不能观察并体念这宇宙万象，你若不能不断地跟住时代读，则你必落伍，必至抓不住时代，更别说站到时代前面了！

举个近例吧：蔡元培先生是人人崇拜的人物，但他并无何种专门学问，也并无多少著作流传下来，原因就是他的学问很广泛，因之胸襟也很阔大；又因为他好学不倦，所以他，年虽七十有余，却始终站在时代的前面！又如鲁迅，所留存下来的小说也并不多，而且根本没有长篇的，但他的死却举世震悼，不知流了多少青年人的泪；工农们前往哀吊祭奠，外国大使领事也都献上了花圈，这一切的构成，就因为他领导了中华民族前进，领导了青年们的思想向前迈步而已！

记得二十年前，易卜生的《傀儡家庭》介绍到中国来，中国的思想界起了一个极大的骚动，妇女们纷纷起来反抗礼教的束缚，脱离了旧家庭，要求自由的恋爱与结婚，一时的热狂，真像是群莺乱飞、杂花生树的江南三月！但鲁迅却在北京女子师范大学演讲时提出了“娜拉走后怎样”的问题。其时，因为大家都在热狂中，不曾注意。但十年后，因为妇女解放没有得到切实的成功，社会上只充满了花瓶与摩登玩物，于是有人提出口号叫“妇女们回到厨房去”！这才引起了大家的讨论，这才让大家都记起了鲁迅在十年前说的话。

这就显然，时代与鲁迅赛跑，时代反落后了。鲁迅之所以受我们这样的崇拜，正与国父中山先生之受我们的崇拜一样，是决不偶然的！

同学们，我们要读书吗？要天天跟住时代跑！要作文吗？须抓住时代！你要做一个现代的人吗？你应站到时代的前面去！并进一步去创造新的时代！

只有站在时代的前面，才是人格之最高的表现！

写什么？怎样去写？

郭莽西

要明白写什么，首先应该有一个新的观念：就是，写文章并非因为是空闲不过的消遣，更不是无事忙，而是因为我们脑子里有什么意思要使人知道，或者是有什么意见要发表出去，或者是因为有某种感情——所谓情绪，要发泄倾吐。而发表出去的目的，又无非是希望别人知道你的意思，或者赞许你的意见，或者同情你的境遇与心情而起共鸣作用。（高人雅士必不以此说为然，他们以为有著作必须要藏诸“名山”才算“不好名”，才算“高雅”，殊不知做学问并不是为了点缀个人的生活！）但怎样的意思与意见才值得发表出去？怎样的抒写情绪才能使人发生一种美感而起一种同情与共鸣作用？这，当然的，如果人云亦云，那就无须你多此一举。（目下有许多报章杂志的文章，实际上都只是传声与应声而已！）英国哲学家培根说：“你所写的当使对于人间的真理有所增益。”美国的作家爱默生说：“一个作者，他必须是一个能够创造观念的人。”美国文学理论家亨德更进一步认为须有创造理想的能力。这些话都足够说明，一个作者在提笔之先，应当自己问问：我的灵魂里可有什么特别的消息要告诉人家？有，你应当写；没有，你就不必。那么，要怎样才能于人间的真理有所增益？要怎样才能够创造观念？创造理想？要怎样才能不至人云亦云，做了人家的应声虫？换句话说，你要写什么才能出人头地，不至人云亦云？才能使文章虽淡，然而有味？这里有两条路径：

第一，尽量利用古今中外的已有的学问作为借鉴，以资参考。

第二，从自然界里，从人类社会里去求得真正的活的知识与学问。

第一，因为人的智慧是古今相差无几，或竟至不及古人的，如果你完全脱离了人类的固有文化，那你就得重新过起原始人的生活来。如果你能够自幼努力于学业，尽量利用前人的学问作为基础，则人类历史上必须几千年去走的历程，你也许可以在二三十年中走完了它，以这为基础，于是温故而知新，你将看见无数新的学问了。换句话说，你不必再苦苦地走那些人家已经走过了的曲折的冤枉路，不至再有人云亦云的可笑情形了。不过，徒然在人家的旧书堆里钻，并不是学问的终极目的。一切学问，都是为了改善人类生活与改造世界的——就是以艺术与文学为娱乐消遣之用吧，它的目的也总是在于美化人生——所以离开了这两个目标就无所谓学问的。因此有第二条路径：我们应从自然界里，从人类社会里去求得真正的活的知识与学问。不过，如果不能利用前人的遗产，则你从自然界或人类社会里所得来的认识，亦只是一些原始的、表面的认识而已。所以我们必须一面拼命地学习写作，一面拼命读书，一面又须拼命地根据所得的学识去观察并体验实生活！

你如深入地研究了哲学，则对于宇宙与人生将有一个正确的认识，同时亦必然增加了你思维的能力。如果深入地研究了自然科学，则你不但对于自然界的一切能够有深入的认识，就是对于一切科学文明，亦都可以了解了。如果深入地研究了社会科学，则你对于人类社会——这世界为什么这样乱纷纷？人与人之间为什么这样不平等？社会为什么这样不安宁？解决的途径如何？你都可以迎刃而解。你若深入于文学艺术，则你将养成高洁的情操！……这样一来，则不但是做文章，就是做任何事都可以随心应手了。我们不是常感到题目出来不知从何下笔吗？原因就是你对于世间事理不能透彻了解之故。而读哲学等等，目的就在于使自己养成了解事物与事理的能力！宋朱熹说得好："不必着意学如此文章，但须明理；理精后，文字自典实。"正如朱子自己的文章，文白不拘，语语自然，却不失为天地间之至文。原因就是"理精"。所以充实知识就是充实文章内容的唯一途径！

至于怎样去写，则须看我们所要表达的是什么意思。我以为一切文章的内容不外是心理学上的所谓知、情、意三种心理现象的反映。在这里所要注意的是心理现象不是什么与生俱来的主观的产物，而是客观的外物通过主观的研炼与认识的成果。所以本文的前半篇只看重学养与体验，因为，如果没有了要表达的内容，根本就无需乎"文章"的。

如果你要表达的，主要点在于求人知，则一般地说是采取说明文的体式来写出的。一般说理的著作，尤其是教科书式的文字，它的句法，它的组织与结构，就大都属于说明文的体式。据夏丏尊先生的《文章作法》里说，说明文的题式通常有疑问式和直述式两种。疑问式的例如：

（甲）书籍是什么？（乙）何谓文学？（丙）科学是怎样起源的？

直述式的例如：

（甲）书籍（乙）说文学（丙）科学的起源

此外过去还有加上"原"字的，例如"原君""原道"之类。

说明文的组合最简单的如：

（甲）人是有理性的动物。

（乙）国家是人类社会组织之最大形体，包容一切社会生活。

但这样简单的说明文往往是不够用的。因为说明文所要说明的既不一定这样简单，而又是对于未知某事物或某事理的人才有作的必要，所以作法上必需的条件便非加多不可。兹以“文学”为题，分说并举例如下：

一是所属的种类。例如：文学是一种艺术。

二是所具的特色。例如：换句话说，它是以文字做成的一种艺术。纯粹的文学，通常不以日用为目的。

三是所含的种类。例如：因为体裁上的不同，它有小说、诗歌、戏曲等分别。

四是显明的实例。例如：《红楼梦》是小说，《长恨歌》是诗歌，《西厢记》是戏曲。

五是“对称”和“疑似”的举出对比。例如：文学不是普通的文字，也不是科学；韩愈的《原道》，王船山的《读通鉴论》等，不是文学。物理学讲义，化学教科书等，也不是文学。

六是语义的限定。例如：我国古来，凡是文字都称文学；

但是现在的所谓文学完全是小说、诗歌、戏曲等的总称，和从前的意义是不同的。

这六个是原则，按照此原则去写，自然可以无误。不过，运用之巧存乎一心，练习成熟之后，写更大的篇幅时也自然能够运用自如了。

如果你要提出某种主张，或推翻某种理论时，则我们就必须采取论证的方法。换句话说，就需要采取议论文的体式了。议论文和说明文之不同之点，就从题目上也可以看出来。说明文的题目只是一个单语，例如“三民主义”“说米”“原道”之类。而议论文则必须是肯定式的或否定式的“命题”。例如：“中国必须实行三民主义”“米，有办法！”“道是无处不在的！”以上是肯定式的命题；“无政府主义不能行于今日之中国”“米不是西洋人的主要食粮”“人世间是没有公理的”，这三个就是否定式的命题。有时也稍有变化，例如：“妇女解放论”“英吉利论”等，但你心中必有是或否的主张存在，所以仍是命题。命题是一个完全的句子，肯定的，或否定的。但疑问句、命令句、愿望句或惊叹句都不能作为命题，因为所表示的都不是一个断定，用不到证明。

要证明你的主张的正确与否，必须尽量觅取论证。论证的方法是多端的，但必须学习论理学（逻辑学）运用圆熟后方可。本文篇幅有限，无法一一介绍。好在本书中选有叶圣陶先生的一篇《开头和结尾》，中间举有议论文的例子；同时本书中还有王季思先生的《时论的格局》，都可以暂时“充饥”的。现在只举一个短短的例子在下面：

但是到了现在，关于女子和文学的观念全然改变了。文学是人生的或一形式的实现，不是生活的附属工具，用以教训或消遣的；他以自己表现为本体，以感染他人为作用。他的效用以个人为本位，以人类为范围。女人则为人类一分子，有独立人格，不是别的什么附属物。我们在身心状态的区别上，承认有男子女子儿童的三个世界，但在人类面前都是平等的。与男女的成人世界不同的儿童，世间公认其有文学的需要，那么在女子方面这种需要自然更是切要，因为表现自己的与理解他人的情思，实在是人的社会生活的要素；在这一点上，文学正是唯一需要的修养了。

——《女子与文学》

这是从《女子与文学》一书中节抄来的一段文字，它的意思就是：

一、文学是人生的或一形式的实现……它以个人为本位，以人类为范围。

二、女子也是人。

三、所以女子也需要有文学修养。

这正是逻辑上演绎法的一个公式。它是：

一、大前提

二、小前提

三、结论

此外，尚有归纳法、类推法、辩证法之类。不及一一细述了。论理学是每一个人都需要学习的。因为这是思想方法，要思想正确就非学习思维哲学不可。如果你的思想方法错误，当然你的论证也不会正确，议论文就失其所以为议论文了。所以在这里我以至诚盼望我们能在这学问上下一番功夫。

此外，记述的文字，最需注意观察的起点。自然，一篇文章，首先需要有一个中心主旨，有了中心主旨，就不难下笔了。一般地说，记述和叙事的文章，已渐近于文学，所以要研究作法也特别的难。大抵记述文重在静的描述，而叙事文则重在动的叙写；前者是平面的，而后者是立体的；前者重在空间的布局的分析，而后者是重在时间的演进的流动性的；记述与叙事往往相互为用，正如说明与议论总不能划然分开是同一个道理。记叙文的运用，是文学创作的第一个历程。这本书里都有分别的论述，兹不具赘。

作者应有的态度

夏丏尊、刘薰宇

文章有内容和形式两方面，前面已经讲过。所谓好文章，就是达意表情，使读者读了以后能明了作者的本意，感到作者的心情的文章。应当怎样作法才能达到这种地步，这个问题包含很广，实不容易；但综合起来，最要紧的基本条件却有两个：（1）真实；（2）明确。

（1）真实文章是传达自己的意思和情感给别人的东西。倘然自己本来并无这样的意思和情感，当然不应该作表示这样的意思和情感的文章，不然便是说诳了。近来，许多青年欢喜创作，却又并不从实际生活上切切实实地观察体验，所以虽然作了许多篇东西，却全同造谣一样，令人读去觉得非常空虚。“情者，文之经；辞者，理之纬；经正而后纬成，理定而后辞畅：此立文之本也。”所以作文先要有真实的“情”，才不是“无病呻吟”。所谓“真实”，固然不是开发票或记账式地将事实一件一件地照样写出，应当有所选择；但把很微细的事物说得很夸张，把很重大的事件说得很狭小，或竟把有说成无，把无说成有，都不免成为虚空。

虽然文章是表现作者的实感，往往有扩大、缩小的事实，而同一事物看大、看小也随人随时不同；但这是以作者的心情做基础，不能凭空妄造。用一块钱买一件东西，是一桩很简单的事；但因时间和各人的情形不同，有的人觉得便宜，就说："不过花一块钱。"有的人觉得昂贵，就说："这要一块钱呢！"心情完全不同。但都是真实的，所以没有不合理的地方。"白发三千丈，缘愁似个长""笔落惊风雨，诗成泣鬼神""朝如青丝暮成雪""边亭流血成海水"，这类名句所以有价值，就因它们是表现作者的实感。倘若并没这样的心情，徒然用这样笔法来装饰，便是不真实。

（2）明确文章要能使读的人了解，才算达到作文的目的，所以难解及容易误解的文章，都不能算是好的。古来的名文中，虽也有很深奥、晦涩，非加上注解不能使人明白的，但这不是故意艰深，使人费解。之所以这样有两种原因：一是它的内容本来深奥，二是言语随着时代变迁，古今不同。

文章本是济谈话之穷的东西，它的作用原和谈话没有两样。但用谈话来发表意思和情感的时候，大概是彼此见面的；

有不了解的地方，还可当场问清楚。至于文章，是给同时代或异时代任何地方的人看的，很难有询问的机会，万一费解，便要减少效用，或竟失却效用。就是谈话，尚且要力求明了，何况文章呢？

以上两种是作文的消极的条件，不可不慎重遵守。要适合这两种条件，下列几项最要注意。

（1）勿模仿、勿剿袭。文章是发表自己的意思和情感，所以不能将别人的文章借来冒充；剿袭的不好是大家都承认的，古来早已有人说过，不必再讲。至于模仿，古来却有不以为非的。什么桐城派、阳湖派的古文呀，汉魏的骈文呀，西昆体的诗呀……越学得像越好。其实文章原无所谓派别，随着时代而变迁，也无所谓一定的格式。

仅仅像得哪一家，哪一篇，决不能当作好的标准。从另一方面说，文章是表现自己的，各人有各人的天分，有各人的创造力；随人脚跟，结果必定抑灭了自己的个性；所作的文章就不能完全自由表示自己的意思和情感，也就不真实、不明确了。

（2）须自己造辞，勿漫用成语或典故。所作的文章要读的人读了能够得着和作者作时相同的印象，才算是好的，所以对于自己所要发表的意思和情感必须十分忠实。这本不是一件容易的事，第一步功夫就在用辞。用辞要恰如其分，不可太强，也不可太弱，不可太大，也不可太小。从来文人无不在用辞上下过苦功夫，贾岛的“推敲”就是最显明的例。法国文豪福来培尔（今译为福楼拜）教他的学生莫泊桑有几句名语，很可做教训。

因为世间没有全然相同的事物，作者对于事物，要先观透它的个性。描写的时候务须明晰，使读者不致看错。这样，自然和人生的真相才能在作品中活跃。最要紧的事情就是选辞。我们应该晓得，表示某事物最适当的言语只有一个，若错用了别语，就容易和别事物混同。

他这段话真是至言，作者对于要表示的内容，应该搜求最适当的辞来表示它，不要漫把不适当的或勉强适当的辞来张冠李戴。因此可以说，要对言辞有敏感的人，才能作得出好文章。

晓得这一层，就不至于乱用成语或典故了。成语、典故如果真和自己所要表示的内容吻合，用也无妨，但事实上很难得有这样凑巧的事情。如“暮色苍然”是描写晚景的成语，但暮色不一定苍然，若只要描写暮色就用这成语便不真实了。古人灞桥折柳以送行，本是一种特别土风，“阳关”“渭城”也是实有所指；现在这种土风已没有了，事实也不相同了，要描写别离的情况，还用“阳关三叠”“渭城骊歌”这类的话，也便是不真实、不明确。又如“莼鲈之思”这句成语，在张翰本是实有这样的情感，若不是吴人，连莼鲈的味都不知道的，也用来表示思念故乡的情感，当然不真实、不明确了。用成语、典故真能确切的实在不多，所以这样的错误触目皆是，非特别留意不可。

和成语、典故相类似，用了容易发生错误的，还有外国语和方言。外国语除了已经通行的或真没有适当译语的以外，都应当避去，因为不懂外国语的人见了这种辞是不会懂的，已懂外国语的人见了这种辞又要感觉累赘讨厌。方言非有特别理由，就是没有适当的辞可代替的时候，也不宜用，因为文章中杂用方言，别地方的人读了往往不容易明了。

（3）注意符号和分段。符号和分段，都是辅助文章使它的意义更明确的。符号错误，就易使文章的真意不明，或引起误解。同一句话，因符号不同，意义就不相同。例如：

①“大军官正擦额上的汗呢！听见了这句话，遂高声喊道：‘全胜！’”这句里“全胜！”本是大军官得意的口吻，所以用叹号（！）表出；若用问号，便是表示那大军官还怀疑别一军官的报告，并且和“遂高声喊道”几个字所表示的情调不称；若用句号（。），情调自然也不合，而“全胜”

二字所表示的不过是事实的直述，再无别的意味。

②“我爱他，是很光明的。”“我爱他是很光明的。”两句意义全不同：第一句“是很光明的”五个字是指“我爱他”这件事，第二句是指“我”所以“爱他”的原因。

一篇文章虽有一个中心思想，但仔细分析起来，总是联合几个小的中心思想成功的。为了使文章的头绪清楚，应当把关于各个小的中心思想的文字作成一段；换句话说，就是一个小的中心思想应当作一段，而一段中也只应当有一个小的中心思想。文章的内容若十分复杂，一段里面还可分成几小段。分段的标准或依空间的位置，或依时间的顺序，或依事理自然的秩序，全看文章的内容怎样。至于每段的长短，这是全无关系的。

（4）用字上的注意为使文章明确和翻译外国文便利，关于第三身代名词，这几年常有人主张将“他”字依性别划分，但还没有一定主张；我喜欢单数在男性用“他”，在女性用“她”，在通性用“它”；多数则用“他们”“她们”“它们”。“的”字也划分成三个：（A）“的”用作代名词和形容词的语尾；（B）“底”用作后置介词，表示“所属”（编者按：目前习惯用法“底”与“的”不分，为便利读者，本文集的“底”都改成了“的”）；（C）“地”用作副词的语尾。“那”字原有“询问”和“指示”两种任务；现在也有人主张分成两个，“询问”用“哪”，读上声；“指示”用“那”，读去声。这些分别，于文的明确很有关系，虽未全国通用，但在个人无论采用与否却须一致，否则误解就容易发生。

作文的基本的态度

夏丏尊、刘薰宇

我曾看了不少关于文章作法的书籍，觉得普通的文章，其好坏大部分和态度问题有关；只要能了解文章的态度，文章就自然会好，至少可以不致十分不好。古今能文的人，他们对于文章法诀各有各的说法，一个说这样，一个说那样，但是千言万语，都不外乎以读者为对象，务使读者不觉苦痛厌倦而得趣味快乐。所谓要有秩序，要明畅，要有力等等，无非都是想适应读者的心情。因为离了读者，就可不必有文章的。

要使文章能适合读者的心情，技巧的研究原是必要，态度的注意却比技巧更加要紧。技巧属于积极的修辞，大部分有赖于天分和学力；态度是修辞的消极的方面，全是情理范围中的事，人人可以学得的。要学文章，我以为初步先须认定作文的态度。作文的态度就是文章的ABC。

初中的学生，有的文字已过得去，有的还不大好。现在作文用语体，只要学过了语法的，语句上的毛病当然不大会有；而平日文题又很有自由选择的余地，何以还有许多的毛病呢？我以为毛病都是由态度不对来的。态度不对，无论加了什么修饰或技巧，文字也不能像样，反觉讨厌。好像五官不正的人擦上了许多脂粉似的。

文章的态度可以分六种来说。我们执笔为文的时候，可以发生六个问题：

（1）为什么要作这文？

（2）在这文中所要述的是什么？

（3）谁在作这文？

（4）在什么地方作这文？

（5）在什么时候作这文？

（6）怎样作这文？

用英语来说，就是Why？ What？ Who？ Where？ When？ How？六字可以称为“六W”。现在试逐条说述。

（1）为什么要作这文？这就是所以要作这文的目的。

例如，这文是作了给人看的呢，还是自己记着备忘的？是作了劝化人的呢，还是但想使人了解自己的意见，或是和人辩论的？是但求实用的呢，还是想使人见了快乐、感觉趣味的？是试验的答案呢，还是普通的论文？诸如此类，目的可各式各样，因了目的如何，作法当然不能一律。普通论文中很细密的文字，当作试验答案就冗琐讨厌了。见了使人感觉趣味快乐的美文，用之于实用就觉得不便了。周子的《爱莲说》，拿到植物学中去当关于说明“莲”的一节，学生就要莫名其妙了。所取的题目虽同，文字依目的而异，认定了目的，依了目的下笔，才能大体不误。

（2）在这文中所要述的是什么？这是普通所谓题义，就是文章的中心思想。作文能把持中心思想，自然不会有题外之文。例如在主张男女同学的文字中，断用不着“乾道成男，坤道成女”“男子三十而娶，女子二十而嫁”等类的废话。在记述风灾的文字中，断不许有飓风生起的原因的科学的解释。我在某中学时，有一次入学试验，我出了一个作文题《元旦》，有一个受试者开端说“元旦就是正月一日，人民于此日大家休息游玩……”等类的话，中间略述社会欢乐情形，结束又说“……不知国已将亡……凡我血气青年快从今日元旦觉悟……”等，这是全然忘了题义的例子。

（3）谁在作这文？这是作者的地位问题，也就是作者与读者的关系问题，再换句话说，就是要问以何种资格向人说话。例如：现在大家同在一个学校里，假定这学校还没有高级中学，而大家都希望添办起来，将此希望的意思，大家作一篇文字，教师的文字与学生的文字，是应该不同的。校长如果也作一篇文字，与教师和学生的亦不相同。一般社会上的人，如果也提出文字来，更加各各不同。要点原是一致，而说话的态度、方法等等，却都不能不异的。同样，子对于父和父对于子不同，对一般人和对朋友不同，同是朋友之中，对新交又和对旧交不同。记得有一个笑话，有一学生写给他父亲的信中说："我钱已用完，你快给我寄十元来，勿误。"父亲见信大怒，这就是误认了地位的毛病了。

（4）在什么地方作这文？作这文的所在地也有认清的必要，或在乡村，或在都会，或在集会（如演说），或在外国，因了地方不同，态度也自须有异。例如在集会中，应采眼前人人皆知的材料；在乡村应采乡村现成的事项；在国外，用外国语；在国内，应用本国语（除必不得已须用外国原语者外）。"我们的father""你的wife"之类，是怪难看难听的。

（5）在什么时候作这文？这是自己的时代观念，须得认清的。作这文在前清，还是在民国成立以后？这虽是大家都知道的事，但实际上还有人没了解。现在叹气早已用“唉”音了，有许多人还一定要用“呜呼”“嗟乎”；明明是总统，偏叫作“元首”；明明是督军，却自称“疆吏”；往年黎元洪的电报甚至于使人不懂，这不是时代错误是什么？

（6）怎样作这文？上面的五种态度都认清了，然后再想作文的方法。用普通文体呢，还是用诗歌体？简单好呢，还是详细好？直说呢，还是婉说？开端怎样说？结末怎样说？先说大旨，后说理由呢，还是先说事实，后加断定？怎样才能使我的本旨显明？怎样才能免掉别人的反驳？关于此种等等，都须自己打算研究。

以上六种，我以为是作文时所必须认清的态度，虽然很平凡，却必须知道，把它连接起来，就只是下面的一句话：

谁对了谁，为了什么，在什么地方，什么时候，用什么方法，说什么话。

如果所作的文字依照这里面的各项检查起来，都没有毛病可指，那就是好文字，至少不会成坏文字了。不但文字如此，语言也是这样。作文说话时只要能够留心这“六W”，在语言文字上就可无大过了。

第2章

作文的基本法则

描写的一个定理

郭莽西

“描写”是文学作品的写作上必不可少的艺术素养。一般地观察分析起来，“描写”的唯一条件是具象化，而最最忌的抽象的说明，试看如下二例：

（一）

月亮的光总不及太阳的光强。今晚也有月亮，但看看四周，近的屋，远的山，都不能看清楚。熄灯以后，房里也有月光，照不着的固然黑，照着的地方也是淡黄色的，总看不清楚，要看书则更不行。外面还有人在吹箫呢，我哪里睡得去。

（二）

窗外好像水国，近的屋，远的山，都用了不很明白的轮廓，在空中画着。屋角树林的下面，晕着神秘的色光。熄灯以后，月光闯入室内，在床上铺着一条青黄色的光带。夜静了，不知哪里来的呜咽幽扬的笛声，还隐约地在枕上听得。

这两个例所用的题材都相同，但写法却完全两样，读者所感受到的也完全各异。前者文句虽大致清通，但他用的是说明的写法，你所能感受到的也只是知道这样一回事而已。后者可不同了，他用了“水国”“画着”“晕着”“闯入”“呜咽幽扬”等字样，使一种“景”和“物”都立体化了，具象化了。当你读着的时候，你会像是自己就立在那“水国”里，起一种无限凄清的感觉。这就是描写，描写的唯一条件就是具象化。写可以看见的景物是如此，就是写那看不见的声音和情绪也是如此。例如当你听见一种非常美妙的歌声，你若尽说“真好啊！”“那声音真千变万化，巧妙无穷啊！”“那歌声真神秘而离奇啊！”……你就是写上百万句，因为他是说明的句调，总不会令人起什么感觉作用的。说明文字是科学的，而描写文字是艺术的。科学和艺术的区别，是在科学是特别表现我们的思索能力的；而艺术是特别表现我们的感觉能力的。即是说，科学是藉论理的概念来表现，而艺术则由形象来构成。试看《老残游记》第二回所写的王小玉唱书一段：

王小玉……唱了几句书儿，声音初不甚大……唱了十数句之后，渐渐地越唱越高，忽然拔了一个尖儿，像一线钢丝抛入空际，不禁暗暗叫绝。哪知他在那极高的地方，尚能回环转折；几转之后，又高一层；接连有三四叠，节节高起。恍如由傲来峰西面攀登泰山的景象：初看傲来峰削壁千仞，以为上与天齐，及至翻到傲来峰，才见扇子崖，更在傲来峰上；及至翻到扇子崖，又见南天门更在扇子崖上。愈翻愈险，愈险愈奇。那王小玉唱到极高的三四叠后，陡然一落，又极力骋其千回百折的精神，如一条飞蛇在黄山三十六峰半中腰盘旋穿插，顷刻之间，周匝数遍。

这文字写得何等出神入化。中间的关键，就只是用了一个“像”字，一个“恍如”，一个“如”字，把一切都具象化了的结果。写情绪亦复如此。例如：

烦恼，烦恼，

我真有说不尽的烦恼啊！

那是喊了千百句也不能成为文学作品的。同样一个意思，改作如下的句子，便令人感动得沁入肺腑了：

有如许的泪，

纵使遍身都是眼，

也流不尽啊！

——刘大白：小诗

诸如此类，俯拾即是。古今文学名作，其描写无不是依此原则的。

但八年前，笔者又在描写的方法上发现一个特征，就是：“文章以造境为第一”。有“境”，即使文句稍有疵病，读之也必有味；反之，即使文通字顺，也觉味同嚼蜡。这是常见的事实。而“境”，一通过文字，必然美化。我曾打过一个譬喻：一个美人，如果脱得赤条条地看，就不免令人作呕；反之，如在月光下，一个丑妇人被笼在一幅轻纱里，也必令人起无限的美感！月光下，是一个境，丑妇人是内容，透明的轻纱正是文字的艺术。艺术的第一个条件是美，一通过艺术，就是最丑恶的，欣赏时也必令人起一种美感！就是恐怖悲哀的场面，也必令人有回味！

那么，怎样才算是有“境”呢？所谓“境”是什么呢？

用现代的术语讲，就是说，每一件事，每一个情绪，每一句形容语，都必须是一个“镜头”。一本电影脚本，是无数“镜头”拼合起来的，一篇或一部大作品亦复如此。举例说吧：

青松夹路生，

白云宿檐端。

这是陶渊明拟古诗之一，前一句象征凛然的风骨，后一句则写其无往而不适的悠然胸怀。而前一句是活跃在眼前的

“镜头”，后一句也是活跃在眼前的“镜头”。再如：

轻些，静些，

你别惊动他，

看这梦只笼着一层轻纱：

秋天里一片蝉翼，

淡月下一缕流云，

云山外一句钟声。

——《轻纱的梦》

后三句都只是为了形容“轻纱的梦”而写，但它本身，却每一句都是一个美的“镜头”，都各自有一个“境”在。由此，我们去看一切文学名作，几乎无一篇不如此！一篇之中为后人赞叹不止密密加圈的，也无一句不具有一个显豁如画的“境”。信手拈来看吧：

昔我往矣，杨柳依依；今我来思，雨雪霏霏！

——《诗经·小雅·采薇》

嫋嫋兮秋风，洞庭波兮木叶下！

——《九歌·湘夫人》

大江流日夜，客心悲未央！

——谢朓句

卷帘天自高，海水摇空绿。

——梁武帝句

暗牖悬蛛网，空梁落燕泥。

——薛道衡句

落日照大旗，马鸣风萧萧。

——杜少陵句

一去紫台连朔漠，独留青冢向黄昏！

——杜少陵句

试问闲愁都几许？一川烟草，满城风絮，梅子黄时雨！

——贺方回句

二十四桥仍在，波心荡，冷月无声！

——姜白石句

寒波淡淡起，白鸟悠悠下！

——元好问句

枯藤老树昏鸦，小桥流水人家，古道西风瘦马。夕阳西下，断肠人在天涯！

——马东篱句

这样的句子，求之现代，也随处可以发见的。例如臧克家的《壮士心》："灯光开出了一头白发！"

其境界何等显豁。吕漠野写一个拉车的父亲在暑天的路上倒毙下去的情景道："半闭的眼有无穷的话！"

沈从文在《月下小景》一篇中唱道：

不要冬天的风，不要海上的风，

这旗帜受不起狂暴大风；

请轻轻地吹，轻轻地吹，

（吹春天的风，温柔的风，）

把花吹开，不要把花吹落。

王国维先生说："词以境界为最上。有境界，则自成高格。"可谓至言。其实不但"词"如此，即一切文学作品，亦可以用这标准去评衡它的。王国维先生又说："境非独谓景物也，喜怒哀乐亦人心中之一境界。故能写真景物真感情者，谓之有境界，否则，谓之无境界。"

所以我认为"造境"之在描写的过程上，是与具象化有同等重要的。

但年来，我却又发现一个新的特征：我观察无论古今中外的名作，其描写臻于上乘的，就没有不是抒情的。否则，任你的描写穷极工巧，亦只是一种文字的游戏，决不能称为文学作品。《红楼梦》里香菱学诗的经过便是一个明证。她的三首咏月诗，前两首并不是不咏月，而是错在单纯咏月，第三首才赋予以作者的情感，于是林黛玉才称赞她的成功。章质夫咏杨花一词，不可谓不工，但苏东坡的和词却胜过原作，原因就在东坡能赋予杨花以灵魂，而是另有寄托了。反之，许多辞藻瑰丽而无抒情描写的文字如子虚、上林、三都以至六朝那些“连篇累牍，不出月露之形，积案盈箱，唯是风云之状”的骈四俪六的文章，有几篇还保留着作者的生命？由于这一发现，我就大胆下了如下一个断语：是文学作品，就都是抒情的！

这是太大胆了的断语。在过去，就是诗，它是最抒情最灵感性的艺术，也有叙事诗、哲理诗、抒情诗等类的分别，而我竟大胆地武断“文学作品都是抒情的”，不是太骇人耳目了吗？但这一断语，我相信已经成为一个永远颠扑不破的定理了。

我们翻开看吧：一切被公认为伟大不朽的文学作品，其描写固皆符合前面所说的两个描写的原则，而同时也的确没有一部，不论是诗，是小说，是戏剧，不是代表着作者当时的思想与世界观的，也没有一部不是充满着作者喜怒哀惧爱恶欲的热烈情感的。一部《三国演义》便是罗贯中的忠义思想的表现，否则，我们就不会一味偏爱了刘关张与诸葛亮，而鄙视了曹操。在平时，我们中间有谁不讨厌强盗土匪？但当你读着《水浒传》，为什么你会那么同情于梁山泊的好汉？这不是因为作者愤慨于当时政治社会的黑暗而流露于字里行间的结果吗？再推而至于《五柳先生传》和《桃花源记》，亦是雅俗共赏的千古流传之作，不很显明的就是陶渊明的人生态度与世界观吗？一篇《离骚》，正是屈原一生泪血的结晶；一部《红楼梦》，一首《好了歌》，都是人所共知的事实。兹举一段《桃花扇》杂剧的文字看吧：

哀江南

【北新水令】山松野草带花挑，猛抬头秣陵重到。残军留废垒，瘦马卧空壕。村郭萧条，城对着夕阳道。

【驻马听】野火频烧，护墓长楸多半焦，山羊群跑；守陵阿监几时逃？鸽翎蝠粪满堂抛，枯枝败叶当阶罩，谁祭扫？牧儿打碎龙碑帽。

【沉醉东风】横白玉八根柱倒，堕红泥半堵墙高。碎琉璃瓦片多，烂翡翠轩窗棂少。舞丹墀燕雀常朝，直入宫门一路蒿。住几个乞儿饿殍。

【折桂令】问秦淮旧日窗寮，破纸迎风，坏槛当潮，目断魂消；当年粉黛，何处笙箫？罢灯船，端阳不闹；收酒旗，重九无聊。白鸟飘飘，绿水滔滔。嫩黄花有些蝶飞，新红叶无个人瞧。

【沽美酒】你记得跨青溪半里桥？旧红板没一条，秋水长天人过少；冷清清的落照，剩一树柳弯腰。

【太平令】行到那旧院门何用轻敲；也不怕小犬哰哰。无非是枯井颓巢，不过些砖苔砌草。手种的花条柳梢，尽意儿采樵，这黑灰是谁家厨灶？

【离亭宴带歇指煞】俺曾见金陵玉殿莺啼晓，秦淮水榭花开早，谁知容易冰消！眼看他起朱楼！眼看他宴宾客！眼看他楼塌了！这青苔碧瓦堆，俺曾睡风流觉；将五十年兴亡看饱。那乌衣巷不姓王，莫愁湖鬼夜哭，凤凰台栖枭鸟。残山梦最真，旧境丢难掉；不信这舆图换稿，诌一套《哀江南》，放悲声唱到老！

《桃花扇》是写侯方域和李香君的恋爱故事的，是极其哀艳的一本杂剧，但你读这“余韵”，作者是仅在写恋爱故事吗？谁也知道这只是作者孔尚任借着苏崐生的口唱出来的曲子，是写亡国之痛的名文。中国的作品是如此，外国的作品亦无不如此。由于这一假定的归纳，又可以得出下面一个结论：任何千言万语费尽心机的描写，而其所欲完成的目的却只有一个，就是抒情。

这是一个描写的定理。根据这一个定理去评骘一切文学作品，都不难定出它的艺术价值之高下来。根据这一个定理去写作，再也不至跑野马似的无所依归了。记得自己在中学时代时，一上作文课，就像上刑场一般，原因是一个题目出来，实不知从何下笔，后来稍稍爱好文学，最苦的一件事就是题材的去取与剪裁完全没有标准。那时期，特别爱好写景优美的文字。一篇文学作品，如果没有几段写景的好文字，我就会不承认它的文学价值的。最显明的就是《阿Q正传》，我常说："不知它好在什么地方！"以为鲁迅一定不长于写景。直至读了他那《好的故事》，才吃惊于他那写景的手腕何等异于常人！于是领悟到自己那种每篇小说里一定要有写景文的心理是何等可笑！原来景色是必须配合事实才有生命的，否则，就仍是死景。举例说吧：柳耆卿的"杨柳岸晓风残月"，不是很有名的句子吗？历代选词的，这一首无不选入，选了的，到这两句莫不密密加圈。但我们仔细考查这一个句子，实在觉得平凡得很。王国维先生说："大家之作，其言情也必沁人心脾，其写景也必豁人耳目。"若以这标准去衡量这句子的价值，则别说人家的，就是他自己的集子里，比这句子好的也不知有多少！就在这一首《雨霖铃》上半阕的末一句："暮霭沉沉楚天阔！"所表现的那种苍茫气象何等显豁，也比那一句好。但是，"杨柳岸晓风残月"一句，又何以这样脍炙人口呢？问题就在这里！原来这是一般人单把这一句拈出来说了的缘故。殊不知如果单单只有这一句，就是一个没有灵魂的句子。因为它只有三种不同的景色原料，却不曾组织成一个有意境的句子。它之所以成为有生命的句子者，完全是靠前面的句子紧逼下来的。如果没有“多情自古伤离别，更那堪冷落千秋节”二句，则“今宵酒醒何处”之下，这“杨柳岸晓风残月”也不能构成这样凄美的荡人心魂的景象。只因为有前面几句，于是杨柳亦成为有情物，风与月亦成为触目伤心的资料，一片凄清景象，简直使人寒冷入骨了。再如朱自清的《背影》，也是大家必然读过的文章。那文章的内容，大家当还记得。里面写着三宗不同的事实：一宗是祖母的死，他和父亲奔丧回家；一宗是家道中落，度日艰难，他父亲又当失业期中，需要找饭吃去；另一宗便是父亲在南京送他上车的事。以事论事，在中国的社会里，应以奔丧一事最为重大。若以当前的严重性来说，则家贫失业是可怕的事。至于送儿子上车，而这儿子又不是第一次出门，他早就在北京大学读书了，真是算得什么！这些事实写在一篇文章里，如果我们还在初中时代，则我们一定会把祖母的丧事写得有声有色，说祖母是怎样的贤惠慈爱，死后大家又是怎样的哀戚。但是我们看看朱先生所写，他把前两宗事情只用一百多字的篇幅就写过去了。而写送他上车的事，却把彼此的一举、一动、一言、一语、一心理、一表情，都细细地不遗地描写出来，这是怎么一回事呢？我前面说过：“任何千言万语费尽心机的描写，而其所欲完成的目的却只有一个，就是抒情。”这文章是很显然的，一切都只是为了要写出那令人流泪的“背影”。至奔丧与就业，那只是陪衬之笔而已。如果不是为了奔丧，就不会有“一同”出门的事，如果不是“一同”到南京，就不会有在下关送上车的事。但奔丧与求业，事虽重大，而与本文的中心却无多大关系，它只能引出送他上车一事而已，所以只略略地带了一笔就不再提了。至于送他上车以至送他上车以后的事，却一举、一动、一言、一语、一表情都是为了他的，都是至情关心他的表现。这一举、一动、一言、一语、一表情，都是促使他终于流泪的动力。很明显，父亲的背影，他不是没有见过的，何足流泪！“背影”，不过是作者抓住一点来发挥罢了。因为父母爱子女的心，是无处不在的，若叫我们写，也许会把幼年时他如何疼爱，如何关怀的一切，“写得淋漓尽致”？但结果如何呢？第一，你所写的当然与人家的完全雷同，第二，一定是挂一漏万，而又啰嗦不堪！在这种地方，作者就要特别注意材料的取舍与剪裁的功夫了。截断众流，抓住一点，这是《背影》作者所用的手法，结果呢，父亲爱他关切他的一举、一动、一言、一语、一表情，都酣畅地表现出来了，而同时他怀念父亲的心不是也完全烘托出来了吗？——这就是他写作此文的动机，也就是他写作此文的目的。所以在末了，他又写出父亲最近的一封信，信中而且有“大去之期不远矣”这样一句话，（这一句话应该就是他写这文章的触机！）但是被培植到这地位的朱自清先生，可有尽过一点报答的孝心吗？他自己说：“不见父亲又是两年了！”语重心长，言外之意，不是很明白吗？……

总之，一切文学名作，其描写任是怎样丰美瑰奇，都不外乎是完成其抒情的目的而已。——至少也表现着他当时的心境的！我又重复说一遍：以此标准去评衡一切不朽的名作，都不难定出其艺术价值之高下。即使最客观的自然主义与新写实主义的作品，其取材与剪裁的标准，亦得如此才行，否则，主题不立，文于何存，岂有永生不朽之理！

抒情的几个基本法式

郭莽西

根据“是文学作品就都是抒情的”这一定则，我们就不难从所有的文学作品中归纳出几个抒情的基本类型来。据笔者目前所能归纳出来的，约有如下四种：

（一）寓情于景。

（二）寓情于物。

（三）寓情于事。

（四）直抒胸臆。

今试分述于后。

（一）寓情于景

写景文字最容易见到的是游记。但游记不一定是文学作品，尤其是近代的许多有价值的游记，往往包含着人情、风俗、物产、政治、地理的记载，类多客观的考察，所以其中的写景文字，其目的也只是一些地理风景，与文学的写景文不同。

所谓文学的写景文者，它一定含有作者个人的主观情调；故其所表现的景色，未必是实有的景色，而是通过作者的感情与想象的产物。合则留，不合则去，这还是消极的吸收景色的写法；积极的，作者往往创造各种景物来配合并且表现他其时的情绪的。在小说里如此，在诗歌里更是这样。吾人在初习写作时，往往爱插写景文字，却不知写景正所以写情，因而“连篇累牍，不出月露之形，积案盈箱，唯是风月之状”的文章，总是无补于事的。如今有了正确的一个描写的定理以后，就知道一切写景，都只是为了完成一个目的——抒情而已。

寓情于景，大约也有几个可循的法则的。

有的是用以逗起时间的感情的——本来，写景色是没有不点明时间的，而时间的点明，亦无不与作者当时所要表现的情绪有关。例如：

斜阳外，

寒鸦万点，

流水绕孤村。

——秦观《满庭芳》

四面边声连角起，

千嶂里，

长烟落日孤城闭。

——范仲淹《渔家傲·秋思》

前者点出黄昏时凄凉的别离情景，后者则写出征士秋塞的苍凉情怀。都是写景，但也都是点出时间，尽了抒情的任务的。不过我现在所要指出的是在其时当事人会引起时间的感情的写景的文句。例如：

昨夜西风凋碧树，

独上高楼，

望尽天涯路。

——晏殊《蝶恋花·槛菊愁烟兰泣露》

“昨夜西风凋碧树”，表面虽是一个叙事兼写景的句子，而实际上却分明引起当事人的时间感情的。她的独上高楼去望尽天涯路者，正是由于看见一夜西风凋尽了碧树所引起的青春易谢迟暮将至的感情冲动的结果，这是很显然的。他如：

垂杨只解惹春风，

何曾系得行人住！

也是写景神化了的句子，其所含的因时间而逗起的感情，也是哀怨万千的。现在再举一个不着痕迹的描写时间的例子在下面加以观察吧：

柳外轻雷池上雨，

雨声滴碎荷声。

小楼西角断虹明。

阑杆倚处，

待得月华生！

——欧阳修《临江仙》

此词，表面看去，句句都是写景的。但细细一读，却句句都是在写着“待”的时间的。试瞑目以想：“柳外轻雷”时节，不应该正是晴天吗？由“轻雷”而到“池上”有“雨”，不是该已经过了许久了吗？“雨”，不应该只洒在“池上”吧，而竟只是“池上”有雨，其“雨”之疏落可见。但结果是“雨声滴碎荷声”了，不是骤然密了吗？这中间又应该经过了多少时候！后来呢，骤雨缓了，缓了，而且晴了，望见“小楼西角”有“断虹”挂着了，这中间又该经过了多少时候！同时，这样细细数着这时间足音的过去，不是一定有个人在吗？正是。一个人，正在栏杆边倚着，倚着啊！这个人真有耐性，也真可怜！大概是有过“约”的吧？她午后就倚在栏杆边等候了。她等着，等着，人没有来，柳外却有轻雷了！这，她该多着急！不过，如果这时“他”能来呢？还不要紧；但是，看！池面上有了雨点了！下雨了，“他”还会来吗？！不过，能一直这样子还不要紧。她的希望不绝如缕！可是，可是，“雨声”竟然“滴碎荷声”了！这时，她还能不绝望吗？还能不绝望吗？但是，造物弄人，往往令人啼笑皆非。一阵骤雨过后，却又看见“小楼西角断虹明”了。这时，正是山穷水尽之处，忽然柳暗花明，顿时把她从绝望的深渊里提了出来，她的欣幸与快乐，还消说得吗？莫怪她依然耐性地期待着，期待着……可是结果呢，“他”果真“终于”来了吗？天晓得，她却只等得“月华”从东方冉冉地升了起来……

这样子不着痕迹的写时间的句子，写得何等曲折，何等哀婉。于此，我们不难领悟出文学的写景文之三昧吧？

有的是用以烘托故事的背景的——这在小说里最为常用。譬如你要写一个失眠的人，你总不免借着黑暗、月光之类作陪衬的。如果你写他将灯熄灭时，一痕月光从东窗里挂了进来，于是联想起也是这样一个月夜，你曾经……曾经……这一来，思潮与回忆就咬住了你的心，你，再也睡不去了。于是辗转反侧，曲尽描写，到了忽然回过意识来，月光已在西窗上无力地照着了。这月光便有了无限的意味，再也不仅是单纯的写景了。

是好的描写，即使在小说里，也一定能使你不觉其为写景文字，而读者却在其字里行间领受到无限的美感的。至于诗歌，用的字句极其经济，更不容有废词赘句去空写景色了。例如李白《黄鹤楼送孟浩然之广陵》：

故人西辞黄鹤楼，
烟花三月下扬州。
孤帆远影碧空尽，
惟见长江天际流！

全诗无一“送”字，也没有一个“离情别绪”的字眼，末二句则无一字不写景，但骨髓里却无一笔不写情！……真的，古今来，谁有这样深的别情！谁人送朋友远行是船驶了还立着送的？但是我们的诗人却眼看着“孤帆远影”在“碧空”里小了，小了，终于不见了，还立着望他，望他！最后是只看着一片水光在天际隐现了，他还立着，立着，望着，望着，送他！如此深情，谁能不为之同声下泪！有人说：“孤帆远影”者目送之也；“长江天际”者心送之也。可谓千古知音。

像这样的描写，一方面尽了烘托背景的责任，而另一方面却情与景浑成一片，也尽了抒情的任务了。

有的是用以象征某一种意象的——这是因为那事实如果照实写下去，其结果不但挂一漏万，而且是令人觉得俗不可耐的。于是采取种种象征的写法，一方面仍不失其所要表现的真实性，一方面却又具有艺术的美感，可以令人依回不置。例如《做成一首诗的几个步骤》的附按中所举的《家庭》一诗，就随处用着这手法。例如：

这就是个家庭，就这样——
行走在很长的、很长的大道上。
……
路是长的，长的；太阳落下！
……
孩子，这，这就是你的世界，
旷野，黄昏，路，还有荒凉……

都是用写景来象征这整个家庭的灰色的前途的。一年前《江风》上发表的一篇《茫然之感》，用的也是这一手法：

我现在对着一切都是茫然！

我立在时间的河流之滨，一面望着上流匆匆忙忙地赶将下来，一面又望着它们踉踉跄跄地向着大海挤去，真有其不胜慌张之意……我茫然。

我伫立于向晚之楼头，方看庄严的红日沉落，而夜之罪恶的爪牙便从天地的边缘爬出，并且渐渐地，渐渐地向人间缩紧了包围圈……我也茫然。

我又曾登上了高塔，展望着无边的茫茫的人海，波涛汹涌着，小波拥着大波，大波卷去了小波，真忙碌啊，……有时撞着了礁崖，总算迸出了点点的浪花，但随即，复归于混沌……我更茫然。

我也曾做过无量数的梦，梦见幸福的铁树开出了花，梦见抢不到的冷饭抽出了芽；但是，每次每次，在直流的冷汗里醒了过来，依然只有无边的黑暗在望，依然只有盈筐的空虚在握……我更茫然！

于是，于是我只有任着性子披散着长发在疾风骤雨里直驰狂奔，我只有袒露着胸膛在黑夜的山林里哀哭到天明，我只有，在无边的墟墓间血泪和流……

这手法运用得最成功的是鲁迅的《好的故事》。他首先写出一个记忆——山阴道上航行时所见到的景色，由是引出了一个理想的境界。用流动的交合的景色来象征一个理想的世界，那世界里不但人与人之间是显得那样的融洽协调，就是万物，也与人类浑成一篇了。这就是张子《西铭》里所暗示的“民胞物与”的世界，也就是大同的境界。这一篇是鲁迅一生的思想的结晶，是鲁迅一生奋斗的终极的理想。而某书局的初中国文的《题解》里竟说是描写山阴道上的景色的文章，岂不令人痛心！

还有的是正式借景说情的——这一种最为常见。诗歌里写景的好句子几乎全部是说情的。最低限度也在烘托着作者其时的心境的。例如：

细雨梦回鸡塞远，
小楼吹彻玉笙寒！

可堪孤馆闭春寒，
杜鹃声里斜阳暮！

寒波淡淡起，
白鸟悠悠下！

都是用以烘托作者的心境的。至如正式借景说情的，亦随处都是。例如：

泪眼问花花不语，
乱红飞过秋千去！

夜深风竹敲秋韵，
万叶千声皆是恨！

消息未知归早晚，
斜阳只送平波远！

都是借景色来说出无限情意的。

此外，在小说与戏剧里也有以景色作为配合场面用的，但原则上仍以情与景融成一片为描写的最高境界是无疑的。

（二）寓情于物

“寓情于物”的应用范围，比较的狭。但也历来都在被人采用着。自从屈原在《离骚》里广泛地采用香草美人之类来象征各种人和事以后，就常常有人偏爱一种物来表白自己的人格与心境。例如陶渊明的爱菊，林和靖的爱梅，周敦颐的爱莲，都是属于这一意义的。于是许多咏物诗，都在托物以寄情的原则下写了出来。（魏晋南北朝的赋更是这一手法达到最高峰的表现。）所谓“嫦娥应悔偷灵药，碧海青天夜夜心”（李商隐句），所谓“暂蚀仍圆，只有多情月”（黄侃句），就是借月以寄情的。所谓“相看两不厌，只有敬亭山”（李白句），所谓“数峰清苦，商略黄昏雨”（姜白石句），就是借山以寄情的。所谓“流到溪前无半语，在山做得许多声”（咏瀑句），所谓“风乍起，吹皱一池春水”（冯延巳句），就是借水以寄情的。

寒冬十二月，
苍鹰八九毛；
寄言燕雀莫相啅，
自有云霄万里高！
——李白《观放白鹰》

这是借鸟以托自负的怀抱的。

花开不并百花丛，
独立疏篱趣未穷。
宁可枝头抱香死，
何曾吹落北风中！
——郑思肖《题画菊》

这是借菊以说自己的不屈不降的民族气节的。

王季思先生在其《词的正变》一文里，曾解释过王沂孙咏蝉咏落叶的两段词，现在抄录于后，就更可看出咏物之作是怎样的一回事了：

秋深矣！当落叶萧萧，吟蛩唧唧的时候，不禁又记起王沂孙的几句词：

前度题红杳杳，溯宫沟、暗流空绕。啼螀未歇，飞鸿欲过，此时怀抱。

——《水龙吟·落叶》

铜仙铅泪似洗，叹携盘去远，难贮零露。病翼惊秋，枯形阅世，消得斜阳几度？

——《齐天乐·蝉》

同学们对所引的这几句词，怕不大了解吧？让我先大略地来说明一下。《水龙吟·落叶》的“前度题红”三句，是有一个故事的。据说唐僖宗时候，于祐在宫沟的流水里拾到一张红叶，是从皇宫里流出来的。上面题着四句诗：“流水何太急，深宫尽日闲；殷勤谢红叶，好去到人间！”于祐因也在另外一张叶子上题上几句诗：“曾闻叶上题红怨，叶上题诗寄阿谁？”云云，放到宫沟的上流，流到宫里，给原题诗人韩夫人拾了去。后来僖宗放宫女出宫，自由择配，韩夫人正嫁给于祐，这红叶题诗的故事，便成了千古美谈。词里引用了这个故事，是拿自己比作掉在宫沟里的一片叶子的。他说："前回子那位在红叶上题诗的人哪里去了，我几度想倒溯宫沟进去，却空又被它冲了出来！在这虫吟未歇，飞鸿将过的时候，你想想我的怀抱吧！""杳杳"是不见之意，"前度题红杳杳"便是说前回子题红的人不见了。"溯"字是逆水而上的意思，"溯宫沟"，是说"虽然要被沟水冲到宫外去，它还是恋恋不舍地想这根生枝长的故宫，挣扎着要倒冲回去"！可是一片叶子微薄的力量，哪里抵得住沟水的冲激呢？因此它便只有在暗流里打转了。"暗流空绕"四字，真是一字一泪，写尽亡宋遗民暗地里挣扎着的心绪，却又风声鹤唳，便是未歇的虫吟，欲过的鸿影，都觉可惊可怖，"此时怀抱"如何，自不可言喻了。

同学们看了上文的说明，大概也总可以明白：他所说的故宫，便是指被蒙古人灭亡了的宋国，那宫里题红的人，便是指那被蒙古人掳去了的恭帝及太后诸王许多宫眷，再仔细地把这几句词念几遍，同初看时的景象便大不相同了。

再说《齐天乐·蝉》的那一节。"铜仙铅泪似洗"三句，也是用一个故事的。汉武帝相信方士的话，铸造了一个二十丈高的铜人，手上托着一个铜盘，叫作承露盘，说可以承得天上的甘露，喝了会长生不死的。到了魏明帝时，要把铜人移到邺宫去，却因为太高大了，没法搬迁，只拆了个铜盘去；相传当拆取时，铜人眼中还掉下泪来的。又以前人说蝉是餐风吸露的，所以词里那承露盘的故事同蝉连在一处说。

这首词，也是拿自己比作所咏的题目蝉的。他说："铜仙的铅泪如雨一样的下来，可叹这铜盘给移到远处去，便是要喝一点露水也不能够了！"意思很明显的是国家一亡，什么幸福都没有了。所剩的只是个待死之身，挨着这凄凉苦痛的日子。"病翼惊秋，枯形阅世，消得斜阳几度"是王沂孙那时的影子，也是当时一切亡宋遗民的影子。

后人不知咏物之作之本意，专事模仿，徒用力于形象的刻画，其实都只是文字的游戏，不能称为文学作品的。历代咏物之作而能脍炙于人口的，它必然是通过作者的感情与想象，赋予以灵魂的。率直言之，它一定是抒情的。否则，那一定不配称为文学作品！

（三）寓情于事

记得鲁迅先生曾写过一篇题为《立论》的小文，大意如次：

我梦见自己在私塾里上作文课，向塾师请教"立论"的方法。

“难！”

塾师从眼镜框上面斜射出眼光来摇摇头说：“举个例说吧：

有一家人家生了一个儿子，亲友们都来送礼。一个客人说：

‘呵，这个孩子将来一定要发财的。’于是他得到连声的感谢。

一个客人说：

‘呵，这个孩子将来一定要做官的。’于是他也收回许多恭维。

一个客人说：

‘啊，这个孩子将来一定要死的。’结果他受了大家一顿合力的痛打。

说他会升官发财的，将来未必应验；说他将来一定也要死，乃是千古难逃的公例。但是说真话的反受痛打，而说谎的却得好报。试问你们愿意采取哪一方式？”

“我们不愿意说谎，但也不要挨打！那么，老师，应该如何呢？”

“哦，那，那只有说：‘呵，这个孩子，呵，这个……呵呵呵……呵呵呵 hehehehehe……’”

这故事初听时你也许会笑，但眼泪立刻会冻住了你笑的脚！多少苦闷与沉痛含在这短短的小文里！这是一个故事，但是你能说这不是一首抒情诗吗？一本《野草》里，无一篇不是这样晶莹绝伦的。

人有七情——喜、怒、哀、惧、爱、恶、欲，有时仅用单纯的写景与咏物，总觉得不够表现得酣畅。于是乃借之于情节错综离奇的故事。——写到这里，我忽然想起《老残游记》的作者刘鹗说过的话来。他说：《南华经》是庄周的哭声，《离骚》是屈原的哭声，《史记》是司马迁的哭声，《少陵诗集》是杜甫的哭声，《水浒传》是施耐庵的哭声，《桃花扇》是孔尚任的哭声，《红楼梦》是曹雪芹的哭声……由此举一反三，就可以判断世间一切文学名著，不论是诗歌，是小说，是戏剧，都不过是作者的哭声。由这一段话更可以证明我那“是文学作品就都是抒情的”一个归纳是正确的。

一生经历丰富的人，人情之冷暖，世态之炎凉，无不尝遍；酸、甜、苦、辣的滋味也无不渗透。于是心中就充满着各式各样的情绪，发怒的，同情的，流泪的，放声号哭的，讽刺的，冷酷的，反省的，沮丧的，懊悔的，期望的……应有尽有，无不欲向外倾吐。于是非大规模的事实给他运用就不行了。《伊利亚特》与《奥德赛》是荷马所采取的故事；《神曲》

是但丁所采取的故事；《失乐园》是弥尔顿所采取的故事；《莎氏乐府》是莎士比亚所采取的故事；《浮士德》是歌德所采取的故事；《战争与和平》是托尔斯泰所采取的故事……在一个短篇里固然代表着作者一种眼泪，在一部大规模的著作里就往往包含作者各式各样的哭声了！兹举中国文学批评界的怪杰金圣叹所批《水浒传》中宋江把钱给薛永时的一段话看看吧：

其结识好汉也，初无青天之旷荡，明月之皎洁，春雨之泰和，夏雨之径直。直唯一“银子”而已。以银子为之张本，而于是自言孝父母，斯不畏天下之人不信其不孝父母也；自言敬天地，斯不畏天下之人不信其不敬天地也；自言尊朝廷，斯不畏天下之人不信其不尊朝廷也；自言恤朋友，斯不畏天下之人不信其不恤朋友也。呜呼，天下之人，而至于惟银子是爱，而不觉出其根底，尽为宋江所窥。因而并其性格，亦遂尽为宋江之所提起放倒。……作者深恶世间每有如是之人，于是旁借宋江，特为立传，而处处写其单以钱物银子结人，盖是诛心之笔也。

——《水浒传》第三十六回

又吴用智赚玉麒麟时，李逵扮作哑道童，“吴用道：‘你若开口，便惹出事来！’李逵道：‘也容易，只口里衔着一文铜钱便了。’”这是何等沉痛的尖刻之笔。真是骂尽千古的人的！

用这眼光去读世间任何一部已有定评的文学著作，则其整体的内容与部分的意义，都不难意味出来。同样，你也可以领悟出你自己有了种种无处发泄的感情时，也同样可以采取这种大规模的结构去写出来的。廚川白村说，文艺园地有如潜意识中的梦境一般，是最自由的。任何艰苦困难不自由的时代，只要你有思想，有认识，同时有成熟的艺术的素养，总不难自由地表达出来。只要你在作品里确实赋予以生命，迟早总会由于你的这些心血灌溉而迸放出灿烂的花朵来的。

采取故事表现的方式的，过去流传下来的有神话，有寓言，现在常被采用着的有小说、戏剧、童话、叙事诗、史诗与历史小品之类。此外还有咏史与怀古一类，亦可以说是寓情于事的。例如：

燕丹善养士，志在报强嬴。招集百夫良，岁暮得荆卿。
君子死知己，提剑出燕京。素骥鸣广陌，慷慨送我行。
雄发指危冠，猛气冲长缨。饮饯易水上，四座列群英。
渐离击悲筑，宋意唱高声。萧萧哀风逝，淡淡寒波生。
商音更流涕，羽奏壮士惊。心知去不归，且有后世名。

登车何时顾，飞盖入秦庭。凌厉越万里，逶迤过千城。

图穷事自至，豪主正怔营。惜哉剑术疏，奇功遂不成。

其人虽已没，千载有余情！

——陶渊明《咏荆轲》

所谓“其人虽已没，千载有余情！”就显然可以看出陶渊明也是有着深刻的亡国之痛的。

客有吹洞箫者，倚歌而和之。其声呜呜然，如怨，如慕，如泣，如诉，余音袅袅，不绝如缕。舞幽壑之潜蛟，弃孤舟之嫠妇。苏子愀然正襟危坐，而问客曰：“何为其然也？”客曰：“月明星稀，乌鹊南飞。此非曹孟德之诗乎？西望夏口，东望武昌，山川相缪，郁乎苍苍，此非孟德之困于周郎者乎？方其破荆州，下江陵，顺流而东也，舳舻千里，旌旗蔽空，酾酒临江，横槊赋诗，固一世之雄也，而今安在哉？况吾与子，渔樵于江渚之上，侣鱼虾而友麋鹿。驾一叶之扁舟，举匏樽以相属。寄蜉蝣于天地，渺沧海之一粟；哀吾生之须臾，羡长江之无穷。挟飞仙以遨游，抱明月而长终。知不可乎骤得，托遗响于悲风。”

——苏轼《前赤壁赋》

这是借历史之陈迹，以与大自然相比，于是觉得“寄蜉蝣于天地，渺沧海之一粟；哀吾生之须臾，羡长江之无穷”的。

六代繁华，春去也、更无消息。空怅望，山川形胜，已非畴昔。王谢堂前双燕子，乌衣巷口曾相识。听夜深、寂寞打孤城，春潮急。

思往事，愁如织；怀故国，空陈迹。但荒烟衰草，乱鸦斜日。玉树歌残秋露冷，胭脂井坏寒螀泣。到如今、只有蒋山青，秦淮碧。

——萨都剌《满江红·六代繁华》

这又是借历史陈迹来说出人世之沧桑的悲哀的。

总之，只要有思想，有真情，是不怕没有方法表现出来的。热烈浓艳的，轻描淡写的，象征神秘的……任你选择。问题只在于我们自己是否真有思想，真有感情，真有可歌可泣的生活，有了，再问自己是否尽量利用过前人的遗产，多读多写，养成能够自由运用的艺术素养。

（四）直抒胸臆

“直抒胸臆”，在描写手法里是最“出力不讨好”的工作，所以也最少为人采用。因为情是不可见的，是抽象的，而描写却必须具体方能使人感染之故。《说苑》里有这样一段故事：

（梁王）谓惠子曰：“愿先生言事则直言耳，无譬也。”惠子曰：“今有人于此，而不知弹者，曰：‘弹之状何若？’

应曰：‘弹之状如弹。’则谕乎？”王曰：“未谕也。”于是更应曰：“弹之状如弓，而以竹为弦。则知乎？”王曰：“可知矣。”惠子曰：“夫说者固以其所知谕其所不知，而使人知之。今王曰无譬，则不可矣。”

这是很明白的，如果抒情而不借重于景、物、事，是很难表达出来的。你要写怀念久别远离的人，前面已经说过，如果你只说怀念怀念，就是说了千百遍，亦只能使人知道你有这回事，至于你是否有这真情，旁人就无法知道了。所以作者往往采用了睹物怀人、触景生情一类手法写出来。写到深入处，往往情与景，情与物，情于事，浑然天成，不可分辨。正面的话不说一句，而情意绵绵，缭绕无尽，所谓“不着一字，尽得风流”者，指的就是这种境界。已故诗人方玮德在中大毕业以后，从南京到了北平，认识了黎□□小姐，遂而发生了爱情。记得他给黎小姐的一封信里，有如下的一段文字：

我想不到我这次离开了南京，渡过了长江，越过了泰岳，飞过了开山，来到这古老的都城，（都城里锁着三千年的哀怨！）我竟发现这样一个奇迹——这是上帝收回世界上所有的美丽而遗留下来的最后一个！

这文字写得多含蓄，然而写得何等有力！虽铁石人亦当为之动心。中国人作诗最讲温柔敦厚，所谓不是风人之致也。

不过，情有婉转与奔迸之别，表现的手法自也不能一概而论。婉转的你尽不妨借景借物借事来曲曲折折地传出，但激情所至，往往不能自遏。于是冲口而出，自成佳句。例如：

彼苍者天，

歼我良人；

如可赎兮，

人百其身！

——《诗经·黄鸟》

寥寥十六字，满腔悲愤，使人不禁为之郁勃，久久不能自解。他如：

剑外忽传收蓟北，

初闻涕泪满衣裳。

却看妻子愁何在，

漫卷诗书喜欲狂。

白日放歌须纵酒，

青春作伴好还乡。

即从巴峡穿巫峡，

便下襄阳向洛阳！

——杜甫《闻官军收河南河北》

寥寥五十六字，一种大难后忽得自由的欣喜欲狂的情态，就如跳跃纸上。这都是激情之下，自然流露而成的。所以“直抒胸臆”亦自有它的用处。例如方玮德的书信，几乎封封都含着一个美丽的梦想，字字都像珠玉，轻倩而动人的，但写到激情时，他也会写出：“这世间没有什么事业比你的爱情更使我有生死的决心！”但他不会写出“为了你，我死也可以！”一种不兑现的痰迷话。这是“直抒胸臆”中遣词下语自有分寸之处，但必须有高洁的思想与情操为其根底。否则，浮光掠影，纵有肉麻语亦是无法动人的。

大致“直抒胸臆”的写法是只有在激情奔迸之下才用得着的。推其方式不外两种：一种是开头就冲口而出，然后再说事实经过的。例如：

多少恨！

昨夜梦魂中。

犹似旧时游上苑，

车如流水马如龙。

花月正春风。

——李后主《忆江南》

这，有如万急中求救之声，他是来不及说出事实的。写到这里，我忽然想起《桃花扇》中史可法正欲投奔南京保驾，途中忽然得悉孤主已亡的消息，不觉顿足大哭而欲投江的一节来，他唱道：

[普天乐]撇下俺断篷船，丢下俺无家犬，叫天呼地百千遍，归无路，进又难前！（登高望介）那滚滚雪浪拍天，流不尽湘累怨！（指介）“有了，有了，那便是俺葬身之地。”胜黄土一丈，江鱼腹宽展。（看身介）俺史可法亡国罪臣，哪容冠裳而去。（摘帽脱袍靴介）摘脱下袍靴冠冕。（副净）我看老爷竟像要寻死模样。（拉住介）老爷三思，不可短见呀！（史）“你看茫茫世界，留着俺史可法，何处安放！”累死英雄，到此日，看江山换主，无可留恋。

这种疯狂一般的爱国热情，真令人读一句哭一声，永远无法泯除这亡国之恨的！有这样的真情，才会冲出这样疯狂一般的文句，乃是当然的事实。

一种是开头时还能委委婉婉曲曲折折地道来，但终于越说越伤心，最后是禁不住痛哭失声，亦冲口而出了。例如《汉宫秋》写汉元帝于王昭君去后独唱的一节：

[梅花酒]呀！俺向着这迥野悲凉，草已添黄。兔早迎霜，犬褪得毛苍。人搠起缨枪，马负着行装。车运着糇粮，打猎起围场。她、她、她，伤心辞汉主；我、我、我，携手上河梁。她部从，入穷荒；我銮舆，返咸阳；返咸阳，过宫墙；过宫墙，绕回廊；绕回廊，近椒房；近椒房，月昏黄；月昏黄，夜生凉；

夜生凉，泣寒蛩；泣寒蛩，绿纱窗；绿纱窗，不思量？

［收江南］呀！不思量，除是铁心肠；铁心肠，也愁泪滴千行！……

看他一层深一层地说来，到最后终于声泪俱下，读者也哽咽不能成声了。

“直抒胸臆”，到了“水到渠成”时自然冲口而出是非常有力的，但通篇直抒则自古所无。所以总以寓情于景、于物、于事者最为稳健。王国维《人间词话》中有一段话说：

词家多以景寓情，其专作情语而绝妙者，如牛峤之“甘作一生拼，尽君今日欢”，顾敻之“换我心为你心，始知相忆深”，柳永之“衣带渐宽终不悔，为伊消得人憔悴”，美成之“许多烦恼，只为当时，一饷留情”，此等词，求之古今人词中，曾不多见！

足见直抒胸臆之难是千古同感的。

作文教学法（节选）

梁启超

（一）文章的规矩

孟子曰："能与人规矩，不能使人巧。"文章做得好不好，属于巧拙问题；巧拙关乎天才，不是可以教得来的。如何才能做成一篇文章，这是规矩范围内事；规矩是可以教可以学的；我不敢说，懂得了规矩之后便会巧；然而敢说懂了规矩之后，便有巧的可能性。又敢说不懂规矩的人，绝对不会巧；无规矩的，绝对不算巧。所以本讲义所讲，只是规矩，间有涉及巧的方面，不过作为附带。

诸君听这段话，切勿误认我所讲的与什么文章规范什么桐城义法同类，那种讲法，都是于规矩外求巧，他所讲的规矩，多半不能认为正当规矩。我所要讲的，只是极平实简易，而经过一番分析，有途径可循的规矩。换句话说，就是怎样的结构成一篇妥当文章的规矩。

结构成一篇妥当文章，有最低限度的要求，是"该说的话——或要说的话不多不少的照原样说出，令读者完全了解我的意思”。这个要求，看似寻常，其实实行做到，极不容易。试把他分析一下：

（1）该说的话。该说的话，是构成文章必要的原料。作文第一步，先把原料搜集齐备，便要判断那种原料是要的，那种是不要的。要不要的标准，要相题而定。——又要看时候如何，又要看作者的地位如何，又要看读者地位如何。例如作一篇《南开暑期学校记》和作一篇《论暑期学校之功用》，关于暑期学校的原料可以彼此通用的虽然甚多，然而两篇所应去应取的当然不同。同是这两个题目，今年作的，和三两年后作的，所说话当然不同。同是作记，以南开为主体，与以暑期学校为主体，所该说的话当然各各不同。同是作论，对办学的人说，和对学生说，所该说的话当然各各不同。该说的不说，不该说的说，都是文家第一大忌。该说的不说，我们在古人文中很难举出确例，因为我们认为该说的话，也许作者当时实在没有完备的材料，然而也有许多地方可以看得出来。例如司马迁的《孟子荀卿列传》，他所根据的资料，——《孟子》《荀子》两部书现在尚存，我们仔细研究一下，便发见出传中该说而未说的很多。不该说而说，可以算是二千年来文人通病。有名的六朝骈体文，和唐宋八家文，依我看来，总是可以不说的话居十之八九。因为他们不是有话在肚子说才作文，乃是因为要作文才勉强找话说。还有许多话，在这个人是该说的，在那个人是不该说的；在这时候是该说的，在那时候是不该说的。例如最近黎黄陂复职前所发的“鱼电”，可以说是人人该说的话，也可以说是黄陂无论何时都该说的话，独有黄陂自己打定主意承认复职前之数日，便不该说。学作文的人，先要自己定出个立脚点，然后根据这立脚点把该说的话定出个范围，这是第一种规矩。这种规矩是有普遍原则可以求得的。

（2）要说的照原样。说出原样有两种：一，客观的原样；二，主观的原样。客观的原样，指事物之纯粹客观性，像画画一般，画某人便的确是某人，画那处风景便的确是那处风景。这是作记载文最必要的条件。主观的原样，指作者心里头的印象，要把他毫厘不爽的复现到纸墨上来。两者之中，尤以主观的为最紧要。因为任凭你如何主张纯客观的作品，那客观的事物总须经过一番观察审定别择才用来入文，不能绝对的与主观相离。文家临到下笔时，已经把一切客观的都成为“主观化”了。所以能够把主观的原样完全表出，便算尽文章能事。但这句话却很不容易实现。我们拿着一个题目，材料也有了，该说话的范围也定了，但对于所有材料，往往就苦于无法驾驭。有时材料越发多越发弄得狼狈，闹到说得一部分来丢了一部分，把原有的意思都走了；又或意思格格不达，写到纸上的和怀在心中的完全两样。想医第一种病，最紧要是把思想理出个系统来，然后将材料分种类分层次令他搭配得宜。想医第二种病，最紧要是提清主从关系，常常顾着主眼所在，一切话都拥护这个主眼，立于辅助说明的地位。这又是作文最重要的规矩。这种规矩也是有普遍原则可以求得的。

（3）令读者完全了解这句话看着像很容易，其实不然。我自己读许多有名的古文，便不了解他真意何在，所以令人不了解之故有二：其一，谬为高古，搬上满纸难字或过去的文法，令人连句也点不断，段落也分不清。其二，没有论理学的修养。

（二）论辩文的写法

用文字发表自己的意见，希望别人从我，这种文叫论辩文。论辩文有五种：一说谕，对于特定的一个人或一部分发表自己意见，劝他服从某种道理或做某件事，如命令布告或与人论事的公私函札之类皆是。二倡导，标举一种学说，主张一种政策，堂堂正正，竖起旗帜，听众人研究论难。凡学术上之著作，政治社会上之建议，皆属此类。三剖释，对于一件事理，以及自己或别人所倡导之说详细解剖说明，题目形式，为说某某、释某某、某某考、某某解等类，这类文字和前头所讲记载文第一种像有点相混，其不同处，彼注重客观的叙述，此注重主观的解释。四质驳，把别人所说谕、倡导、剖释的质问他驳难他——内中尤以对于倡导的为最多，其形式或著一部书或作一篇文或寄一封信等，被质驳的人再反质反驳，也属这类。（五）批评，对于别人的言论动作，自己立于第三者地位批评他，这类文大抵兼含有倡导质驳两种性质，其与倡导之文不同处，因为他不采主动的态度；其与质驳之文不同处，因为他并非专与所批评者相反对；其种类或批评一个人、或批评一件事、或批评一种学说……

无论作何种论辩文，最要紧的两个条件：

一是耐驳。

二是动听。

耐驳是经得起和人辩驳。因明颂说，“能立与能破及似唯悟他”。凡作一篇论辩文，目的不外在令别人觉悟（悟他）。如何才能令别人觉悟，要我自己所说的站得住（能立），而且能把别人所说驳倒（能破）。若像站得住而实站不住（似能立），我所立被人破了；像驳得倒而实驳不倒（似能破），我所破便依然立了。自己立一说，总要预备人家来驳；自己驳人家，总要预备人家再反驳。所以中国古代有所谓“名学”，印度有所谓“因明”，西洋有所谓“逻辑”，都是说思想和辩论的法则，研究怎么样才能立能破，我们统名之为“思辩学”（旧译为论理学）。凡作论辩文，断不许违背思辩学的法则。凡当作文教授的人，最少要懂得思辩学的大概。

思辩学是一种专门，非本讲义范围所应及，但为说明便利起见，不妨择最要关键一讲。思辩学的推理方法有两种，先知道一个普遍原则，然后用这原则去推论他所包含的那一类事物之任何部分，叫作演绎推理，亦叫作形式的思辩学。先观察一类事物中之各部分，根据各个实例求出普遍原则，叫作归纳推理，亦叫作实质的思辩学。想做成一篇能立能破的论辩文，这两种推理方法都要应用。

凡文章不外积辞成句，积句成段，积段成篇。要辞与辞相待，句与句相覆，段与段相衔，中间不漏出破绽，便是形式上的佳文。这几句话看来容易，实际上便许多大文家也会闹乱子。试把众人共读的《孟子》举几个例。讲辞吧，辞所以表明论辩对象的性质和范围，一定要在同一性质范围内才有彼此辩论之余地。孟子主张性善，有人质问他，他回答道，“乃若其情，则可以为善矣。乃所谓善也，若夫不为善，非才之罪也。”这段话便把辞弄得一塌糊涂，到底是性善呀还是情善呢？还是才善呢？性、情、才是一呀还是二呀？讲句吧，合两个以上的辞成一句，非把辞的关系弄正确，句子不会构成。孟子说：“墨氏兼爱，是无君也。”兼爱和无君怎么会生出联络？这便是不成句。讲段吧，段要上下句文相衔接，有人问孟子：“尧以天下与舜，有诸？”孟子答道：“否，天子不能以天下与人。”比方有人问你：“张三是否杀人？”你答道：“不是，凡人都不该杀人。”这便是所答非所问。在文章里头，叫做不成片段。以上所举三个例，或属形式的错误，或属性质的错误。要之不合思辩学法则，则为文家大忌。我并非故意寻孟子开心，不过把人人读过的书为例，见得思辩法则之不能不讲罢了。

演绎推理最简要的形式，是用三句积叠成段，第一句叫作大前提，第二叫作小前提，第三句叫作断案。例如：

1. 凡生物终须要死——大前提。

2. 我和你都是生物——小前提。

3. 所以我和你终须要死——断案。

凡论辩文，无论短至十几个字长至几万字，总不外用这三层组织成文。如贾谊《过秦论》是很长的一篇大文，他最后结出断案道，“……者何也，仁义不施而攻守之势异也。”

我们试把思辩形（式）排列出来，其实不外三句：

1. 守国要用仁义——大前提

2. 秦不以仁义守国——小前提

3. 所有秦国不能守——断案

一篇长文，不外由许多这种形式的三句积叠而成。总要三句用得不错，这篇才算没有形式的毛病。

（三）作文方法概要

第一，须将各类文分期讲授，不可同时东讲一篇西讲一篇，因为各类文作法不同，要令学者打通一关再进一关，每一学期专讲一类文，那么，教师精力也集中，学生兴味也集中，进步自然会事半功倍。最好每年前学期授记载文，后学期授论辩文。年年相间，两种文中又各各分类，由浅入深，由易入难。例如记载文先授记静态者后授记动态者，动态之中先授一人或少数人一时或短时的动态，最后才授许多人许多时的动态。论辩文先授倡导一类，次授考证质驳批评等类，各类中先授单纯问题的论辩，最后才授复杂问题的论辩。

第二，每一个学期开始之时，先要有一两堂讲演式的教授，把本学期所讲那类文作法的重要原则简单说明，令学生得着个概念来做自习的预备。

第三，讲授时万不可拿一篇文来逐字逐句逐段解释，因为中学学生，多少已经有自读古文的学力，把他们已懂得刺刺不休来讲，徒令他们生厌，而且时间也太不经济，所以只有指定若干篇文令他们先行阅读，——自修室的用功时间最少要与讲堂时间平分，大概平均每两星期指定五六篇文为一组的教材——那文都是要同类的，令学生自行细看，看每篇作法的要点在那里，各篇比较异同何在，到上堂时，先用讨论式的教授，令学生各人把自己所见到的说出，一堂讨论不完留待下堂，约莫以两星期把这一组讨论完。学生看错的或看不到的，教师随时指导，最后教师把全组各篇综合讲一次，说明自己的观察，便算讲完。这种办法，学生对于这一组的文章最少经过三四次心，而且多半是自动的，算是把这一组文真读通了。聪明的学生一定有多少发明，不唯自己得益，当讨论时，或者连教师都会教学相长哩。每一学期能照这样的讲授四五组，中学毕业下来，学生总有好几百篇文经过目经过心，再没有不会作文的了。

第四，选择教材的标准，虽然不必过于拘泥，但最少有几种旧习气要消极的排斥。一，绮靡之文——如专尚辞藻的骈体；二，矫揉之文——如八家末流貌为古调者；三，空泛之文——凡带帖括气者。大抵记载文宜多选，左传四史、通鉴及好的游记、好的书目提要等等，论辩文宜多选周秦诸子，秦汉以后则多选专论一个切实问题者——例如扬雄谏不受单于朝、贾捐之论罢珠崖、江统论徙戎之类，像什么六国论、留侯论等文，便是帖括气，万不可取。

第五，出题目令学生作文，万不可过多。依我看，每个学期两回——最多三回足彀了。课卷不必在讲堂上做，因为我们办的是学校，不该叫学生过考棚的生活，作一篇文章要给他们充分的时间，去采集资料考量组织，然后作一篇得一篇的益处，亦正唯如此，所以不能作得过多。

第六，课题要确实，要有范围，记载文题最好是学生身历或耳闻目见的事迹、物件或地方；除此之外，便要教师供给他们资料——供给或口授指定文件；论辩文题须是一个切实问题，最好是学生直接感到利害者，最好是一个问题有两面理由，容得彼此主张辩驳之余地者；至于历史上无关痛痒的问题——如“项羽论”“井田论”之类，空泛无边际的文题，——如“中国宜亟图自强论”“民生在勤说”之类，皆当排斥。

第七，除出题考课之外，最好令学生每月作一条以上的札记，或用记载体记日常经历的事，或用论辩体写自己对于一个问题的感想。这种方法，可以养成他们自动的进步。

第八，作的文文言白话随意。

作文秘诀

鲁迅

现在竟还有人写信来问我作文的秘诀。

我们常常听到：拳师教徒弟是留一手的，怕他学全了就要打死自己，好让他称雄。在实际上，这样的事情也并非全没有，逢蒙杀羿就是一个前例。逢蒙远了，而这种古气是没有消尽的，还加上了后来的“状元瘾”，科举虽然久废，至今总还要争“唯一”，争“最先”。遇到有“状元瘾”的人们，做教师就危险，拳棒教完，往往免不了被打倒，而这位新拳师来教徒弟时，却以他的先生和自己为前车之鉴，就一定留一手，甚而至于三四手，于是拳术也就“一代不如一代”了。

还有，做医生的有秘方，做厨子的有秘法，开点心铺子的有秘传，为了保全自家的衣食，听说这还只授儿妇，不教女儿，以免流传到别人家里去，“秘”是中国非常普遍的东西，连关于国家大事的会议，也总是“内容非常秘密”，大家不知道。但是，作文却好像偏偏并无秘诀，假使有，每个作家一定是传给子孙的了，然而祖传的作家很少见。自然，作家的孩子们，从小看惯书籍纸笔，眼格也许比较的可以大一点罢，不过不见得就会做。目下的刊物上，虽然常见什么“父子作家”“夫妇作家”的名称，仿佛真能从遗嘱或情书中，密授一些什么秘诀一样，其实乃是肉麻当有趣，妄将做官的关系，用到作文上去了。

那么，作文真就毫无秘诀吗？却也并不。我曾经讲过几句做古文的秘诀，是要通篇都有来历，而非古人的成文；也就是通篇是自己做的，而又全非自己所做，个人其实并没有说什么；也就是“事出有因”，而又“查无实据”。到这样，便“庶几乎免于大过也矣”了。简而言之，实不过要做得“今天天气，哈哈哈……”而已。

这是说内容。至于修辞，也有一点秘诀：一要蒙眬，二要难懂。那方法，是：缩短句子，多用难字。譬如罢，作文论秦朝事，写一句“秦始皇乃始烧书”，是不算好文章的，必须翻译一下，使它不容易一目了然才好。这时就用得着《尔雅》，《文选》了，其实是只要不给别人知道，查查《康熙字典》也不妨的。动手来改，成为“始皇始焚书”，就有些

“古”起来，到得改成“政俶燔典”，那就简直有了班马气，虽然跟着也令人不大看得懂。但是这样的做成一篇以至一部，是可以被称为“学者”的，我想了半天，只做得一句，所以只配在杂志上投稿。

我们的古之文学大师，就常常玩着这一手。班固先生的“紫色蛙声，余分闰位”，就将四句长句，缩成八字的；扬雄先生的“蠢迪检柙”，就将“动由规矩”这四个平常字，翻成难字的。《绿野仙踪》记塾师咏“花”，有句云：“媳钗俏矣儿书废，哥罐闻焉嫂棒伤。”自说意思，是儿妇折花为钗，虽然俏丽，但恐儿子因而废读；下联较费解，是他的哥哥折了花来，没有花瓶，就插在瓦罐里，以嗅花香，他嫂嫂为防微杜渐起见，竟用棒子连花和罐一起打坏了。这算是对于冬烘先生的嘲笑。然而他的作法，其实是和扬班并无不合的，错只在他不用古典而用新典。这一个所谓“错”，就使《文选》之类在遗老遗少们的心眼里保住了威灵。

做得蒙胧，这便是所谓“好”么？答曰：也不尽然，其实是不过掩了丑。但是，“知耻近乎勇”，掩了丑，也就仿佛近乎好了。摩登女郎披下头发，中年妇人罩上面纱，就都是蒙胧术。人类学家解释衣服的起源有三说：一说是因为男女知道了性的羞耻心，用这来遮羞；一说却以为倒是用这来刺激；还有一种是说因为老弱男女，身体衰瘦，露着不好看，盖上一些东西，借此掩掩丑的。从修辞学的立场上看起来，我赞成后一说。现在还常有骈四俪六，典丽堂皇的祭文，挽联，宣言，通电，我们倘去查字典，翻类书，剥去它外面的装饰，翻成白话文，试看那剩下的是怎样的东西呵！？

不懂当然也好的。好在那里呢？即好在"不懂"中。但所虑的是好到令人不能说好丑，所以还不如做得它"难懂"：有一点懂，而下一番苦功之后，所懂的也比较的多起来。我们是向来很有崇拜"难"的脾气的，每餐吃三碗饭，谁也不以为奇，有人每餐要吃十八碗，就郑重其事地写在笔记上；用手穿针没有人看，用脚穿针就可以搭帐篷卖钱；一幅画片，平淡无奇，装在匣子里，挖一个洞，化为西洋镜，人们就张着嘴热心的要看了。况且同是一事，费了苦功而达到的，也比并不费力而达到的可贵。譬如到什么庙里去烧香罢，到山上的，比到平地上的可贵；三步一拜才到庙里的庙，和坐了轿子一径抬到的庙，即使同是这庙，在到达者的心里的可贵的程度是大有高下的。作文之贵乎难懂，就是要使读者三步一拜，这才能够达到一点目的的妙法。

写到这里，成了所讲的不但只是做古文的秘诀，而且是做骗人的古文的秘诀了。但我想，做白话文也没有什么大两样，因为它也可以夹些僻字，加上蒙胧或难懂，来施展那变戏法的障眼的手巾的。倘要反一调，就是“白描”。

“白描”却并没有秘诀。如果要说有，也不过是和障眼法反一调：有真意，去粉饰，少做作，勿卖弄而已。

谈中学作文

胡适

应该多做翻译，翻白话作古文，翻古文作白话文。翻译的用处最大：（1）练习文法的应用。例如讲动词的止词时，可令学生翻译“己所不欲，勿施于人”，“无所不能”，“他什么都不懂”等句，使他们懂得止词的位置有种种不同的变法。（2）译长篇可使学生练习有材料的文字，做文最忌没有话说。翻译现成的长篇，先有材料作底子，再讲究怎样说法，便容易了。

若是出题目做的文章，应注意几点：（1）最好是令学生自己出题目，（2）千万不可出空泛或抽象的题目，（3）题目的要件是：第一要能引起学生的兴味，第二要能引学生去收集材料，第三要能使学生运用已有的经验学识。

学生平日做的笔记、杂志文章、长篇通信，都可以代替课艺。教员应该极力鼓励学生写长信，作有系统的笔记，自由发表意见。这些著作往往比敷衍的课艺高无数倍；往往有许多学生平时不能做一百字的《汉武帝论》，却能做几千字的白话通信。这种事实应该使做教员的人起一点自责的觉悟！

作文的时间不可多，至多两周一次。作文都该拿下堂去做。

改文章时，应该根据文法。合文法的才是通，不合文法的便是不通。每改一句，须指出根据那一条文法通则。例如有学生做了“而方姚卒不之踣”，我圈去“之”字，须说明“之”字何以不通。又如学生做了“客好何？”，我改为“客何好？”或“客好何物？”，也须说明古文何以不可说“客好何”。

千万不可整篇涂去，由教员重作。如有内容论理上的错误，可由教员批出，但不可代做。

……

我这篇《中学国文的教授》，完全是理想的。一个人的理想自然是有限的，但我希望现在和将来的中学教育家肯给我一个试验的机会，使我这个理想的计划随时得用试验来证明那一部分可行，那一部分不可行，那一部分应该修正。没有试验的主观批评是不能使我心服的。

我演说之后，有许多人议论我的主张，他们都以为我对于中学生的期望太高了。有人说："若照胡适之计划，现在高等师范国文部的毕业生还得重进高等小学去读书呢！"这话固然是太过，但我深信我对于中学生的国文程度的希望，并不算太高。从国民学校到中学毕业是整整的十一年。十一年的国文教育，若不能做到我所希望的程度，那便是中国教育的大失败！

论教本与写作（节选）

朱自清

叶圣陶先生在《对于国文教学的两种基本观念》（四川省教育厅《中等教育季刊》创刊号）里说：

其实国文所包的范围很宽广，文学只是其中一个较小的范围。文学之外，同样被包在国文的大范围里头的，还有非文学的文字，就是普通文字。这包括书信、宣言、报告书、说明书等等的应用文，以及平正地写状一件东西载录一件事情的记叙文，条畅地阐明一个原理发挥一个意见的论说文。中学生要应付生活，阅读与写作的训练，就不能不在文学之外同时以这种普通文为对象。

这是对于现阶段的国文教学的最切要的意见，值得大家详细讨论。本篇想就叶先生的话加以引申，特别着重在写作的训练上。

……

训练学生写作而不给他们指示一个切近的目标，他们往往不知道是为了给谁读的。当然，他们知道写了是要给教师读的；实际也许只有教师读，或再加上一些同学和自己的父兄。但如果每回写作真都是为了这几个人，那么写作确是没有多大趣味。学生中大约不少真会这样想，于是乎不免敷衍校章、潦草塞责的弊病，可是学生写作的实际的读者虽然常只是这几个人，假想的读者却可以很多。写作练习大部分是拿假想的读者作对象，并非拿实际的读者作对象。只有在“暑假回家写给教师的信”“给父亲的信”“给张同学的信”一类题目里，这些实际的读者同时成为假想的读者。假想的读者除了父兄、教师、亲近的同学或朋友外，还有全体同学、全体中学生、一般青年人、本地人士、各社团、政府、政府领袖、一般社会，以及其他没数到的。

写作练习是为了应用，其实就是为了应用于这种种假想的读者。写作练习可以没有教师，可不能没有假想的读者。一向的写作练习都有假想的读者。清末民初的家庭教子弟写作古文，假想的读者是一般的社会和考试官。中学生练习写作，假想的读者通常是全体同学或一般社会。如“星期日远足记”之类，便大概是假定给全体同学读的。可是一般的师生都忽略了假想的读者这个意念。学生写作，不意识到假想的读者，往往不去辨别各种体裁，只马马虎虎写下去。等到实际应用，自然便不合式。拿创作做写作目标，假想的读者是一般社会。但是只知道一种假想的读者而不知道此外的种种，还是不能有辨别力。上文引的叶先生所说的学生的信便是一例。不过知道有假想的读者的存在，总比马马虎虎不知到底写给谁读的好些。

我觉得现在中学生的写作训练该拿报纸上和一般杂志上的文字作切近的目标，特别是报纸上的文字。报纸上的文字不但指报纸本身的新闻和评论，并包括报纸上登载的一切文件——连广告在内——而言。这有三种好处。第一，切用，而且有发展；第二，应用的文字差不多各体都有；第三，容易意识到各种文字的各种读者。而且文言文和白话文的写作都可以用这个目标——近些年报纸上种种特写和评论用白话文的已经不少。因为报纸上登载着各方面的文件，对象或宽或窄，各有不同，口气和体裁也不一样，学生常常比较着看，便容易见出读者和文字的关系是很大的，他们写作时也便渐渐会留心他们的假想的读者。报纸和杂志上却少私人书信一体，这可以补充在教材里。报纸上和杂志上的文字的切用，是无须说明的。至于有发展，是就新闻事业看。新闻事业的发展是不可限量的。从事于新闻或评论的写作，或起草应用的文件登在报纸或杂志上，也是一种骄傲，值得夸耀并不在创作以下。现在已经有少数的例子，长江先生是最知名的。这不能单靠文字，但文字是基本的工具。这种目标可以替代创作的目标，它一样可以鼓起学生的兴趣，教他们觉得写作是有所为的而努力做去。

也许有人觉得“取法乎上，仅得乎中”，报纸和一般杂志上的文字往往粗率浮夸，拿来作目标，恐怕中学生写作会有“每况愈下”之势。这未免是过虑。报纸和杂志上的文字，粗率浮夸固然是不免的，但文学作品里也未必没有这种地方。且举英文为例，浮勒尔兄弟（Fowler）合著的《英文正宗》（The King’s English）里便举出了许多名家的粗率浮夸的句子，这是一。报纸杂志上也有谨慎亲切的文字，这是二。近些年报纸进步，有一些已经注意它们的文字，这是三。学生“取法乎上”，尽可以多读那些公认的好报纸好杂志。在这些报纸杂志里，他们由于阅读的经验，也会辨别那些文字是粗率浮夸的，那些不是的。

况且报纸杂志只是课外读物。我只说拿报纸杂志上的文字作目标，并没有说用它们为教材；教材固然也可以从报纸和一般杂志上选一些，可是主要的并不从它们选出。文言教材，上文已详论。我所推荐的梁、蔡两位先生的书原来倒差不多都是杂志上的文字。不过他们写作的训练有深厚的基础，即使有毛病，也很少。白话文教材，下节还要申论。我不主张多选报纸和一般杂志上的文字作教材，主要的原因是这些文字大部分有时间性，时过境迁便无意味。再有，教材不单是写作的榜样或范本，还得教学生了解本国固有文化和养成欣赏文学的兴趣，报纸和一般杂志上的文字差不多都是有时间性的，自然不能有这两种效用。但是这些文字用来做学生写作的目标，却是亲切有效的。学生大概都读报纸杂志。让他们明白这些里面的文字便是他们写作的目标，他们会高兴的一面运用教材所给予他们的训练，一面参照自己阅读报纸杂志的经验，努力学习。这些学生将来还能加速报纸和杂志上的文字的进步。

报纸杂志上说明文和议论文很多，也可以多少矫正现阶段国文教学偏枯的毛病。课程标准里定的说明文和议论文的数量不算太少，但适当的教材不容易得着。文言的往往太肤廓，或太琐碎。白话文更难，既少，又深而长；教材里所选的白话文说明文和议论文多半是凑数的。学生因为只注意创作，从教材里读到的说明文和议论文又很少合他们的脾胃或程度的，也就不愿意练习这两体的写作。有些学生到了大学一年级，白话记叙文可以写通，这两体却还凌乱庞杂，不成样子；文言文也是记叙体可看些。若指出报纸和一般杂志上的文字是他们写作的目标，他们也许多注意报纸杂志上说明文和议论文而渐渐引起兴趣。那些文字都用现代生活作题材，学生总该觉得熟悉些、亲切些；即使不能完全了解，总不至于摸不着头脑。一面在写作练习里就他们所最熟悉的生活当中选出些说明文和议论文的题目，让他们能够有话说，能够发挥自己的意见，形成自己的判断，不至于苦掉笔头。

中学生并不是没有说明和议论的能力，只看他们演说便可知道。中学生能演说的似乎不少，可是能写作说明文和议论文的确很少。演说的题目虽大，听者却常是未受教育或少受教育的民众，至多是同等的中学生，说起来自然容易些。写作说明文或议论文，不知不觉间总拿一般社会做假定的读者，这自然不是中学生的力量所能及。所以要教学生练习这两体的写作，只能给他们一些熟悉的小题目，指明中学生是假想的读者，或者给一些时事题目，让他们拟演说辞或壁报文字，假想的读者是一般民众，至多是同等的中学生。这才可以引他们入胜。说起壁报，那倒是鼓励学生写作的一个好法子。因为只指出假想的读者的存在，而实际的读者老是那几个人，好像支票不能兑现，也还是不大成。总得多来些实际的读者才好。从前我教中学国文，有时选些学生的文课张贴在教室墙壁上，似乎很能引起全班的注意，他们都去读一下。壁报的办法自然更有效力，门类多，回数多。写作者有了较广大的实际的读者群，阅读者也可以时常观摩。一面又可以使一般学生对于拿报纸上和一般杂志上文字做写作的目标有更亲切的印象。这是一个值得采取的写作设计。

不过，教材里的白话说明文和议论文，也得补救一下。这就牵涉到白话文的发展。白话讽刺文和日常琐论——小品文的一型——都已有相当的发展，这些原也是议论文和说明文的支派，但是不适于正式应用。青年人学习这些体的倒不少，聪明的还透露一些机智，平常的不免委琐叫嚣。这些体也未尝不可学，但只知有这些，就太偏太窄了。适于应用的还是正式的论。我们读英文，读本里常见培根《论读书》，牛曼《君子人》等短论。这些或说明、或议论，虽短，却也是正式的论文。这一体白话文里似乎还少，值得发展起来。这种短论最宜于作教材。我们现在不妨暂时借材异国，将这种短论译出些来用。马尔腾的《励志哲学》也是这一类，可惜译笔生硬，不能作范本。查斯特罗的《日常心理漫谈》译本（生活版），性质虽然略异，但文字经济、清楚，又有趣味，高中可以选用。《爱的教育》译本（开明版）里有些短篇说明和议论，也可节取。此外，长篇的创作译作以及别的书里，只要有可节取的适宜的材料，都不妨节取。不过这得费一番搜索的工夫。冯友兰先生的《新世训》（开明版）指示生活的方法，可以作一般人的指南针；他分析词义的精密，建立理论的谨严，论坛中极少见。他的文字虽不是纯粹白话文，但不失为上选的说明文和议论文。高中学生一面该将这部书作为课外读物，一面也该节取些收在教材里。

其实别的教材也该参用节取的办法，去求得适当的入选文字。即如小说，现在似乎只是旧小说才节取。新的便只选整个的短篇小说，而且还只能选那些篇幅短的。篇幅长的和长篇小说里可取的部分只得割爱。入选的那些篇幅虽短，却也未必尽合式；往往只是为了篇幅短将就用着。整篇的文字当然是主要的，但节取的文字尽可以比现在的教材里多参用些。节取的范围宽，得多费工作；还得费心思，使节取的部分自成一个相当完整的结构。文学作品里节取出来的不一定还是文学，也许只是应用的文字。但现在缺乏的正是应用的白话文，能多节取些倒是很合用的。

至于白话的私人书信，确是很少。将来倒是一定会普遍的。教材里似乎也只能暂时借用译文。译文有两种：一是译古为今，一是译外为中。书信是最亲切的文体，单是译外为中恐怕不足，所以加译古为今一项。当然要选那些可能译的译，而且得好译手。例如苏轼《黄州与秦太虚书》一类，就可以一试。《曾国藩家书》似乎也可选译一些。这些书信都近于白话，译起来自然些。这种翻译为的是建立白话书信的体裁，并不是因为原文难懂，选那些近于白话的，倒许可以见功些。英文《蔡公家书》，有文言译本，题为《蔡公家训》（商务本）；译文明白，但不亲切自然。这部家书值得用白话重译一回；白话译也许可以贴切些。若是译笔好，那里面可选的教材很多。——朱光潜先生有《给青年的十二封信》(开明版），讨论种种问题，是一部很适于青年的书。其中文字选入教本的已经不少。这部书兼有书信和说明文议论文的成分，跟《蔡公家书》是同类的。

谈文脉

朱自清

多年批改学生作文，觉得他们的最大的毛病是思路不清。思路不清就是层次不清，也就是无条理。这似乎是初学作文的人不能免的毛病。无论今昔，无论文言和白话——不过作文言更容易如此罢了。这毛病在叙述文（包括描写文）和抒情文里比较不显著，在说明文和议论文里就容易看出。实际生活中说明文和议论文比叙述文和抒情文用得多，高中与大一的学生应该多练习这两体文字；一面也可以训练他们的思想。本篇便着眼在这两体上；文言文的问题比较复杂，现在且只就白话文立论。因为注重“思路”怎样表现在文字里，所以别称它为“文脉”——表现在语言里的，称为“语脉”。

现在许多青年大概有一个误解，认为白话文是跟说话差不多一致的。他们以为照着心里说的话写下来就是白话文；而心里说的话等于独自言语。但这种“独自言语”跟平常说话不同。不但不出声音，并且因为没有听者，没有种种自觉的和不自觉的制限，容易跑野马。在平常谈话或演说的时候，还免不了跑野马；独自思想时自然更会如此。再说思想也不一定全用语言，有时只用一些影像就过去了。因此作文便跟说话不能一致；思路不清正由于这些情形。说话也有没条理的；那也是思想训练不足，随心所向，不加控制的缘故。但说话的条理比作文的条理究竟容易训练些，而训练的机会也多些。这就是说从自然的思路变成文脉，比变成语脉要难。总之，从思想到语言，和从思想到文字，都需要一番努力，语言文字清楚的程度，便看努力的大小而定；若完全随心所向，必至于说的话人家听不懂，作的文人家看不懂。

照着心里说的话写下来，有时自己读着，教别人听，倒也还通顺似的；可是教别人看，就看出思路不清来了。这种情形似乎奇特，但我实地试验过，确有这种事。我并且想，许多的文脉不调正是因为这个缘故。现在的青年练习说话——特别是演说——的机会很多，应该有相当的控制语言的能力，就是说语脉不调的应该比较前一代的青少年。他们练习作文的机会其实也比较前一代多；但如上文所论，控制文字确是难些。而因为作的是白话文，他们却容易将语脉混进文脉里，减少自己的困难，增加自己的满足；他们是将作文当作了说话的记录。但说话时至少有声调的帮助，有时候承转或联贯全靠声调；白话文也有声调，可是另一种，不及口语声调的活泼有弹性，承转或连贯处，便得另起炉灶。将作文当说话的记录，是想象口语声调的存在，因此就不肯多费气力在承转或连贯上；但那口语的声调其实是不存在的。这种作文由作者自己读，他会按照口语的声调加以调整，所以听起来也还通顺似的。可是教别人看时，只照白话文的声调默读着，只按着文脉，毛病便出来了。那种自己读时的调整，是不自觉的，是让语脉蒙蔽了自己；这蒙蔽自己是不容易发现的，因此作文就难改进了。

思想，谈话，演说，作文，这四步一步比一步难，一步比一步需要更多的条理；思想可以独自随心所向，谈话和演说就得顾到少数与多数的听者，作文更得顾到不见面的读者，所以越来越需要条理。语脉和文脉不同，所以有些人长于说话而不长于作文，有些人恰相反；但也有相关联的情形。说话可以训练语脉；这样获得的语脉，特别是从演说练习里获得的，有时也可以帮助文脉的进展。所以要改进作文，可以从练习演说下手。但是语脉有时会混入文脉，像上一段说的。在这种情形下，要改进作文，最好先读给人听，再请他看，请他改，并指出听时和看时觉得不同的地方，但是这件事得有负责的而且细心的教师才成。其实一般只要能够细看教师的批改也就很好。不过在这两种情形下，改本都得再三朗读，才会真得到益处。现在的学生肯细看教师的批改的已经很少，朗读改本的大概没有一个。这固然因为懒，也因为从来没有受到正确的朗读训练的缘故。现在白话文的朗读训练只在小学里有，那其实不是朗读，只是吟诵；吟诵重音节，便于背，却将文义忽略，不能训练文脉。要训练文脉，得用宣读文件的声调。我想若从小学时代起就训练这种正确的朗读，语脉混入文脉的情形将可减少，学生的作文也将容易进步。

再次是在作文时先写出详细的纲目。这不是从声调上下手，而是从意义上、从意念的排列上下手。这是诉诸逻辑。细目最好请教师看看。意念安排得有秩序，作起文来应该容易通顺些。不过这方法似乎不及前两者直截而自然。还有，作文时限制字数，或先作一段一段的，且慢作整篇的，这样可以有工夫细心修改；但得教师个别的指正，学生才知道修改的路子。这样修改的结果，文脉也可以清楚些。除了这些方法之外，更要紧的是多看、多朗读、多习作（三项都该多在说明和议论两体上下工夫）。这原是老生常谈，但这里要指出，前两项更重要些；只多作而不多看多读，文脉还是不容易获得的。

论结构（节选）

章衣萍

我从前在暨南教学生作文，我曾问他们道："你们作文是先想好然后写呢，还是先写了然后想呢？是一面写一面想呢，还是一面想一面写呢？"

于是，一个聪明的女学生说："我是先想好了然后写。"

"先想好了然后写"是做文章的正当方法。

古来自然也有不少天才，如李太白的自夸"日试万言，倚马可待"。如所谓的"文不加点，一挥而就"。如所谓"文若泉涌，笔若辘转"。好像做文章，随便写写就成似的。但这是天才的办法。世界上的天才究竟不多。我们初学作文的人，应该甘心作庸人，应该用气力去做文章。应该先想好了再写。

所谓先想好了再写，就是一个作文的人，在下笔之先，对于这篇文章应该有一个"中心思想"。有了中心思想，然后设法如何把这个中心思想发挥出来。这如何发挥的法子，古人叫作“布局”，今人叫作“结构”（construction）。

做文章的人，应该先把结构想好，然后再提起笔来写。

怎样才算是结构呢？结构的意义，就是组织，或是编织。正如织花缎的人，应该先有了花样，然后这样一线一线去织。有了中心思想的人，应该想如何用文字把这个中心思想写出来，由句而成段，由段而成篇，段段相接，句句相连。这一篇文章中的段与段、句与句的连接，就是结构。

中国古人论作文，总讲“起、承、转、合”。这简单的“起承转合”的法子，就是结构。西洋古代哲学家亚里士多德（aristotle）论小说，也说做小说应该有“起（beginning）、中（middle）、结（end）”。中国八股文的所谓“破题，承题，大讲，大结”的名称，也就是从“起承转合”来的。“起承转合”的本来目的，在求文章的统一（unity），本来意义是不错的。但法子是死的，人的心是活的，要用一个法子笼尽天下的文章，像八股文一般，就成了只有形式，没有思想，也就失了结构的本来意义了。

…… ……

文章是应该讲结构的，但结构的意义在求文字上的统一，连接（coherence），并不是铸定一个模子，教天下文章都钻进一个模子去。正因为中国人太讲求形式主义了，所以“起承转合”的极端就产生了八股文。

在小说上，明清的许多才子佳人的小说，都是从“起承转合”的模子里出来的。这些小说的主要人物事件，可归纳成一个公式，如：甲男是才子，乙女是才女。（起）才子一定是很穷的，连饭也没有得吃，但才女却是很富的。才子遇着才女，彼此一见倾心。（承）但好事多磨，丙男是傻子，家中很贵，也爱上了乙女，于是天下从此多事。（转）可是甲男终于中了状元，奉旨与乙女完姻。丙男失望而去（合）（参看鲁迅《中国小说史略》第二十篇）。所以如《平山冷燕》《好逑传》一类的书，千篇一律，读了令人索然无味。这都是过于讲求形式主义的结构的流毒。

所以“起承转合”的结构是应该打倒的了！岂但“起承转合”的死法应该打倒，现在那些做什么《作文述要》的人，如周侯于先生还在那里讲什么“呼应照应”“伏应过渡”，什么“追叙补叙”“插叙带叙”的鬼法子！老实说，这些鬼法子正如“呼风唤雨”“撒豆成兵”一般早应该收起来了！这些鬼法子只能到三家村去骗骗黄口小孩，不应该在堂堂的学校中去“误尽苍生”！尤其不应该印出来行世，害得连我这样的穷汉也活丢了几角冤枉钱！

其实，结构的方法哪有一定的？善于作文的人，应该知道一篇文章有一篇文章的结构方法。有的直接（Direct）说起，有的间接（indirect）说起，有的从正面（positive）说起，有的从反面（negative）说起。一篇文章有一篇文章的中心思想，一篇文章有一篇文章的结构去表现这个中心思想。古人所谓“文成法立，文无定法”，本来也是有所感而言的。

但是，结构虽无一定的通例，却有一定的通则。什么是结构的通则呢？简单说起来，有以下数事：

一、统一

统一（unity）的意义就是一致（oneness）。在结构中一致是很重要的。一个人的行为前后不一致，便是一个虚伪的人；一篇文章的词句意义前后不一致，便是一篇坏文章。一篇好的文章正同一个强健人的身体一般，五官四肢，全身血脉，莫不统一，成为一个完全的有机体。做叙事文的人若不讲求记载上的统一，则如一个学生做一篇《西湖游记》，忽而扯到上海的热闹、繁华，南京的豆腐干丝如何好吃，自己忘记了是在记西湖，读的人也将莫名其妙了。但有了结构上的统一，则百变不离其宗，如百川汇海，源源皆通。正如苏洵恭维欧阳修的文章，说他：“纡徐委备，往复百折，而条达舒畅，无所间断；急言竭论，而容与闲易，无艰难劳苦之态。”这就是统一的好处！古往今来的大作家作品，没有一个不讲求结构的统一的。

二、平均

平均（proportion）的意义就是各部分匀称。一个人若是头大身小，手长腿短，便成为畸人；一篇文章若是头大尾小，前后不匀，便成为劣文。正如韩愈的《送孟东野序》、苏东坡的《潮州韩文公庙碑》虽为绝世妙文，后人尚讥为“虎头蛇尾”，因为文章的起始与结尾不相称。中国的有名小说，也有犯了不平均的毛病的。如《水浒传》写武松、鲁智深何等动人，但后来写卢俊义、燕青变成了笨伯了。如《红楼梦》因为不是一个人的手笔，所以前面写“因麒麟伏白首双星”，是史湘云与贾宝玉后来应该结婚的，但后来结婚的却是薛宝钗而不是史湘云了！这都是前后不相称的毛病。不相称的毛病是作者的精神不能前后贯注所致。所以在结构上，平均是重要的通则。

三、联结

一篇文章是积段（paragraph）而成的，段是积句而成的。

段段相连，句句相接，才是好文章。我们徽州有句骂人的话，说："你这人上气不接下气了！""上气不接下气的人"是有病的人，快要死了；上气不接下气的文章是一篇有病的文章，该打手心的。但联结（cohorence）有种种不同：有总合的，有分开的，有错纵（complication）的，有解剖（emplication）的。千变万化，方法不同。如作长篇小说宜于用错综的法子，短篇小说宜于用解剖的法子，又初学作文宜段落分明，平铺直叙，易于联结。

但文章做熟了之后，可以纵笔所之，莫不联结。如苏轼自夸他的文章说：

吾文如万斛泉源，不择地皆可出。在平地滔滔汩汩，虽一日千里无难；及其遇山石曲折，随物赋形，而不可知也。所可知者，常行于所当行，常止于不可不止，如是而已矣！其他，虽吾亦不能知也。

其实，这也没有什么稀奇。知"常行于所当行，常止于不可不止"便是知道总合，知道联结，"如是而已矣"！

无论任何好的文章，没有能逃出上面三种简单的结构通则的。虽然作文人的性情不同，思想不同，用字造句的习惯不同，结构方面当然也有特别布置（special arrangement）的地方。善作文的人自然能随机应变，但初学作文的人应该从结构简单入手，文章做得熟了，自然会走入艺术（artistic）的道路上去的——但违反上面三条通则的人，决不会做出好文章来的！

第 3 章

各文体写作方法

记事文

刘薰宇、夏丏尊

1. 记事文的意义

将人和物的状态、性质、效用等，依照作者所目见、耳闻或想象的情形记述的文字，称为记事文。例如：

这一枝梅花只有二尺来高，旁有一枝，纵横而出，约有二三尺长；其间小枝分歧，或如蟠螭，或如僵蚓，或孤削如笔，或密聚如林；真乃："花吐胭脂，香欺兰蕙。"

——《红楼梦》第五十回

案上设着大鼎，左边紫檀架上放着一个大官窑的大盘；盘内盛着数十个娇黄玲珑大佛手；右边洋漆架上悬着一个白玉比目磬，旁边挂着小槌。

——《红楼梦》第四十回

（状态）

可以敌得过代洛西的人，一个都没有，他什么都好，无论算术，作文，图画，总是他第一，他一学即会，有着惊人的记忆力，凡事不费什么力气，学问在他，好像游戏一般。

——《爱的教育·级长》

如今长了七八岁，虽然淘气异常，但聪明乖觉，百个不及他一个！

——《红楼梦》第二回

（性质）

那个软烟罗只有四样颜色，一样雨过天晴，一样秋香色，一样松绿色的，一样就是银红的。若是做了帐子，糊了窗屉，远远的看着，就似烟雾一样。

——《红楼梦》第四十回

这就是鲛绡丝所织。暑热天气，张在堂屋里头，苍蝇蚊子，一个不能进来，又轻又亮。

——《红楼梦》第九十二回

（效用）

上面所举的例，都是记事文。所谓人和物的状态、性质、效用等都是静的，空间的这个标准全是就作者的旨趣说，所以有时被记出的虽是动状，仍是记事文，例如：

堤上虽有微风，河里却没有波纹，水面像镜子一般，映出澄清的天空的影。

《少年的悲哀》

那时候白雾越发降得重，离开房子不过十步路，便看不见那边的窗，只看见一团黑影，里面射出来一条红灯光。河上又发出种奇怪的鼾息声，冰块爆裂声。一只鸡在院子里浓雾中间喔喔地叫着，引起别的鸡也鸣叫起来了，以近及远，慢慢儿一村间只听见一片鸡鸣声音。可是四围除去河流以外，所有都寂静。

——《复活》第十七章

2. 作记事文的第一步

记事文以记述经验为目的，未曾经验的事物当然无从记述。就是有时是根据作者的想象，而所记述的是假设的情形，但想象也不是凭空妄造，须有相当的经验做根据。因为这样，要作记事文先须经验事物，或目见，或耳闻，或参考书籍，从各方面收集材料，更将所得材料按适当的次序排列起来。在初学的人，没有腹案的功夫的，并须将各材料一一地用短文记出。例如要作“西湖”的记事文，先就经验所得，摘出种种的材料。

先查地理书，假定得到下面的材料：

（1）西湖在杭州城西，又名西子湖。

（2）西湖是东南的名胜。

再把自己在游西湖的时候的经验列举出来，假定如下：

（3）从上海坐沪杭车到杭州城站，步行三四里就到。

（4）我到车站的时候，原想坐人力车，后来听说到那里很近，就步行了。

（5）湖直径十余里，游船往来如织。

（6）舟人说，原有两塔，南面的是雷峰塔，北面的是保俶塔。

（7）水很清，可望见游鱼。

（8）湖滨旅馆很多，我在某旅馆住了几天。

（9）别庄、祠堂相望，风景幽美。

（10）一面滨市，三面皆山。

（11）山峰连续，最高者是北高峰。

（12）春夏游人最多，外国人来游的也不少。

（13）坐小舟行湖中，如入画图。

（14）有苏白二堤，蜿蜒湖中。

（15）有林和靖墓、苏小小墓、岳坟等古迹。

（16）有名的山是北高峰、葛岭、孤山、南屏山等。

（17）寺观林立，钟声时到游人的耳际。

（18）某别庄正在那里开工建筑。

（19）四围多垂柳，远望如绿烟。

（20）有人在那里钓鱼。

（21）山上多树，水底有草。

这样一个个地排列起来（愈多愈好），然后再对于材料进行一种精密的取舍整理。

〔注意〕这种程序，可应用于一切文体，不但记事文如此。

3. 材料的取舍和整理

从经验事物虽将各项关于事物（题目）的材料收集起来，但这些材料，对于题目并不全然适切。如果将不适切于题目的材料夹杂进去，文章就有不适切的毛病。选择材料的标准：一是适切题目，二是注重特色。例如以《西湖》为题的记事文，前节所列的材料中，如（三）、（四）、（十八）和（八）的后半部，（六）的前半部，都不是《游西湖记》的材料，不适切题目，应该舍去。（二十）、（二十一）两项不是西湖的特色，也应舍去。

材料取舍完了，其次便是整理。凡是同类的材料，务必集合在一处，将冗繁支离的删去。例如前节（五）的后半部和（十二）可并，因为都是记述游人的情况的；（十一）和（十六）也可并，因为都是记述山的。

既将材料取舍，整理好了，连缀起来，就成文章。现在将前节所举的材料，依上面取舍整理的结果缀成短文如下：

西湖

西湖又名西子湖，在杭州城西（一），是东南的名胜（二）。湖径广约十里（五），一面滨市，三面皆山；山峰连续，最高的是北高峰（十一），此外有名的有葛岭、孤山、南屏山等（十六）。原有雷峰和保俶两塔对峙，现只保俶塔巍然矗于北面（六）。苏白二堤蜿蜒湖中（十四）。湖畔有林和靖墓、苏小小墓、岳坟等古迹（十五）；别庄、祠堂相望（九）。寺观林立，钟声时到游人耳际（十七），湖水清浅，可望见游鱼（七）。四围多垂柳，远望如绿烟（十九）。坐小船行湖中，好像入画图（十三）。春夏间游人最多，游船往来如织，外国人慕名来游的也不少（十二）。

4. 记事文的顺序

记事文的顺序大概有两种，一以观察的顺序为标准，一以事物本身的关系为标准。简单的记事文如前节所举的例，通常用第一种。但要记复杂的事物，这种方法就不适用。如作《飞行机》和《无线电话》等题的记事文，也依作者自己所观察的顺序为文字的顺序，一一联缀起来，那便混杂不清了。

作复杂的记事文，先须注目于关系事物全体的材料，然后顺次及于各部分；各部分的材料中，又是先列大的，后列小的。现在参考书籍，作《鸽》的记事文如下：

鸽是和鸠同类的一种鸟，大都善飞，喜群居。统分野鸽和家鸽两类，家鸽又分菜鸽和飞鸽两种。（一）野鸽，性情极凶恶；住在山野树林里，以田禾为食，是农家的害鸟的一种。它的羽毛全体暗黑，只有背的中央是灰白色，颈和胸前有紫绿色的光泽，眼睛的颜色不好看。（二）家鸽为野鸽变种，性情很驯良，可以和家鸡一样给人家喂养。羽毛眼色，种种不一。飞翔很快，记忆力很强（1）。其中的一种，菜鸽，比较起来飞得不高，也飞得不远。眼色也不十分好看。只是它的生殖很容易。肉味也很鲜，用来佐菜，喜欢的人极多；就是它的蛋也是很贵重的食品（2）。（三）飞鸽，放到远处地方去，它也能自己飞回来，可用以传信。但是它生长很不容易，往往孵不出小鸽，因为难得，售价非常的贵。（四）家鸽的品格很多，要分辨它们的好坏和名目，只消看它们的眼睛和毛羽的颜色。（五）菜鸽的眼睛虽不十分好看，但也有几种有趣味的；一种姜黄眼，眼球下面，现着砂子，黄颜色里带些红色（1）。一种桃砂眼，眼球下面的砂是桃红色的

（2）。又有一种水砂眼，桃砂的桃红色还带些淡红的（3）。无论姜黄眼或桃砂眼，眼球里有几粒黑砂，能够上下流动的，又叫流砂；很是名贵。将鸽的身子颠倒转来，眼球里的几粒黑砂，就慢慢地流下；等到再转身过去，又流转了去，真是有趣（4）。（六）飞鸽的眼睛，名目更多，最好看的是藤砂。藤砂又可分成三等：网藤，眼睛里有许多丝，像藤一般的，这种最好（a）；藤砂，只有一二条丝从眼球里现出来，极显明的，比网藤次一些（b）；藤砂中最下等的，丝贴紧在眼球下面，并不显明的（c）（1）。藤砂以外，铁砂眼，眼球里有一种和砂子一般的小粒的（2）；紫砂眼，眼睛颜色带深黑的，也是上品（3）。又有一种朱砂眼，眼睛里有细砂，红得像朱砂一样（4）。（七）

这文的顺序画出图来，如下所示。

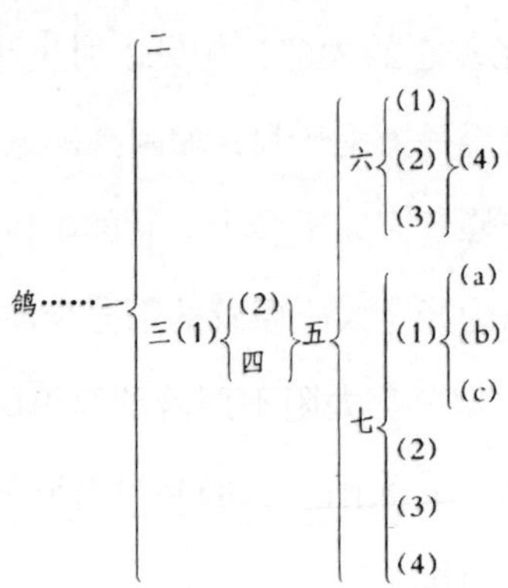

凡事所记的事物非一见一闻就能明了，要从书籍上查考它的效用、构造历史的，都应该用这个方法来记述。

5. 文学的记事文

记事文虽以记述事物的状态、性质、效用，使人理解为主；但也有记述事物的美丑的一类，而不以使人理解为目的。前一类，称为科学的记事文，只是作者对于事物的认识的报告，比较偏于客观的，前几节所举的例都是。后一类称为文学的记事文，乃是表现作者对于事物的印象，主观的成分比较多。

例如以《月》为题，就有下面的两种作法：

（1）月是星体中最和人相近的。在天空中一面绕着地球转动，同时随了地球绕太阳而行。它和地球一样，还有自转。它的自转和绕着地球转动，都大约是二十七日又零一周，所以地球上的人只能和它的大部分相见。月上也有山，山岭最高的有二万六千尺至一万七千尺；如阿奔那尼（Apennines）一山，壁立雄峻的奇峰竟有三千多个。它的本体原是黑暗的，只是反射太阳的光以为光。太阳照着的部分全向地球的时候，看去很圆，这叫做“望”。太阳不照着的全黑的部分向着地球的时候，叫作“晦”。太阳照着的和没有照着的各有一部分向着地球的时候，叫作“弦”。

（2）窗外好像水国，近的屋，远的山，都用不很明白的轮廓，画在空中。屋角树林的下面，晕着神秘的色光。熄灯以后，月光闯入室内，在床上铺着一条青黄色的光带。夜静了，不知哪里来的呜咽幽扬的笛声，还隐约地在枕上听得。

上面的第一篇，读了虽然可以得到关于月的状态和性质的知识，却不能感到月色的美感和月夜的情趣；这便是科学的记事文。第二篇，却恰好相反，只能给读者以月色的美感和月夜的情趣，至于月的性质和状态，却一点不曾写到；这是文学的记事文。

作文学的记事文须观察经验，对于材料选择和整理，与作科学的记事文一样。除了这些条件以外，还须特别注意下列各项：

（1）想象因为文学的记事文，是表现作者所得的印象，所以在记述事物以前，必须将要表现的印象重现于心中，然后执笔。

即如前例关于“月”的文字，内中都是作者曾经目见过的光景，不是凭空假造的。在作这文时，只是将旧有的印象一一在心中再现，然后依样记述。作这类的文字务必依自己所感受的记述，不可依赖成语来堆砌，如说到月，不可便用些“月白风清”、“月明星稀”之类的话。这是第一步功夫，也是最难的事；但唯其难能，所以可贵，能够做到，就不愧为作家了。

（2）注意特色作文学的记事文，虽然要依作者自己所感受的记述，但局部的琐碎记述，不但不能使光景活现，并且不能使人得到所记述的事物的深刻的印象；所以必须捉住特色，舍弃其余，任读者自己补足。例如记述人物，把他的眉毛、眼睛、鼻头都记上几百字，分裂、琐碎，令人看了就要莫名其妙，不能使所记的人物的状貌在读者心中活现了。现从小说中找几条例来看：

第一个肌肤微丰，身材合中；腮凝新荔，鼻腻鹅脂；温柔沉默，观之可亲。第二个，削肩细腰，长挑身材，鹅蛋脸儿，俊眼修眉，顾盼神飞，文采精华，见之忘俗。

——《红楼梦》第三回

这马兵都头姓朱名仝，身长八尺四五，有一部虎须髯，长一尺五寸，面如重枣，目若朗星，似关云长模样，满县人都称他美髯公。那步兵都头姓雷名横，身长七尺五寸，紫棠色面皮，有一部扇圈胡须，为他膂力过人，跳二三丈阔涧，满县人都称他做插翅虎。

——《水浒》第十二回

她身材不甚高大，胸脯十分丰满脸显得特别的白，这种样子真和久居家中闭户不出的人的脸色相同，仿佛番薯深藏地窖里所变成的颜色一般。她双手十分阔，却不很大；头颈从大衣领里透出来，显得又白又胖。在她那雪白光泽的脸上一双又黑又亮的眼睛不住地闪动，眼神虽然显出十分疲乏的样子，却还有活泼气象，内中有一只眼睛略为斜一点。

——《复活》第一章

这三个例，第一，二个虽是旧式的描写法，但寥寥数言中，却能表出迎春和探春、朱仝和雷横的状貌。第三个，也足以表现一个堕落了而久居监狱的女子的神气。所以能够这样，就是捕捉了特色的缘故。

（3）抒述心情要使所记述的事物在读者心中活跃，不但须记述客观的事物，还须记述主观的心情。换句话说，就是须记述从感觉上得来的印象。所以要作好的文字，非对于事物有锐敏的感觉不可。例如：

夏天的太阳已经下了山；跟着就要睡去的树林中，满了森然的寂寞；建筑用的大松的树梢上，反映着就快烧完的晚红，还带着些红光，下面却已经薄暗，带着些湿气了。好像从树林蒸发出来的又干又触鼻的香气，微微地可以闻得。从远山野火飘来可厌的烟气，夹杂在香气中，却分外地强烈，柔软的夜，不知在什么时候无声无响地落到地上了。鸟到太阳没落，也停止了声音，唯有啄木鸟还用了很倦怠的音调，在那里发梦呓似的单调的微音。

——《泥沼》

读了这段文章，那夏日傍晚松林中的一种蒸郁寂寞的景象，好像目见身历了。感觉在近代文学上有重要的地位，文字上能加入感觉，就有生气。与其说，“寒风吹着面孔”，不如说，“寒风刀刮似的吹着面孔”；与其说，“麦被风吹动”，不如说，“麦被风吹得浪一般地摇动”。因为后者比前者有生气，容易使读者得到印象。我国从来的文章都只记事物，不记情感，实是很大的缺点。

这里所应当注意的，就是所记述的感觉并不是故意加入的事。作者对于事物果能精密地观察，对于记述果能诚实不欺，心情和感觉自然会流露于笔端。如果只是将这一类的词硬加上去，不但不好，而且可厌。旧式文章中，凡记述风景的时候，末尾常附加“诚胜地也”或“呜呼叹观止矣”之类的文句，记述悲惨的人事的时候，末尾必加"呜呼可以风矣”或“噫不亦悲夫”一类的文句。其实，是否“胜地”，能否算得“观止”，“可风”“不可风”，“堪悲”“不堪悲”，都要读者自己去领略的，不能由作者硬用主观的意见做命令式的强迫。因此这方法现在已不适用，特别在纯文学上不能适用。

（4）使用含着动作的词句，比较容易加深读者的印象。例如：与其说，“门前有小河，隔岸有高山”，不如说，“门前流着小河，隔岸耸着高山”；与其说，“海边有鹤”，不如说，“海边有鹤飞过”。

不但这样，凡要表示事物，必须在事物有动作的时候，不可在它静止的时候。例如记述学校，必须记它授课或散课的时候；记述城市，必须拣它人马杂沓的时候；记述人物，必须在他言语动作的时候。例如：

大学生缓缓地懒懒地走着，将手掠着大麦的顶，叫天子和冠雀在他脚边飞起，又像石子一般地落在密生的大麦丛里。

——《诱惑》

太阳光正攻击着树林，从繁茂的顶叶上穿过，直用那温和的光亮射在白杨的树干上，竟使这些树干变成松树的干子一般，树叶也都变成蓝色。上面笼罩着蓝白的天，晚霞照着，带了点胭脂的颜色，燕儿高高的飞着，风儿几乎死去了；怠惰的蜜蜂懒洋洋睡沉沉在丁香花上飞着；白蚋虫成群的在单独的远延的树枝上打着旋。

——《父与子》

叙事文

刘薰宇、夏丏尊

1. 叙事文的意义

记述人和物的动作、变化，或事实的推移的现象的文字，称为叙事文。例如：

宝钗与黛玉回至园中。宝钗因约黛玉往藕香榭去，黛玉因说还要洗澡，便各自散了。

——《红楼梦》第三十六回

（人的动作）

汽笛曼声的叫了。汽船画圆周，缓缓地靠近埠头去。

——《省会》

（物的变化）

叙事文原和记事文一样，同是记述事物的文字；不过记事文以记述事物的状态、性质、效用为主；而叙事文以记述事物的动作、变化为主。所以记事文是静的，空间的；叙事文是动的，时间的。例如：

（一）牵牛花有红的，紫的，颜色虽很美观，但少实用。这是述说牵牛花的形状和性质的，是记事文。

（二）院里的牵牛花，红的，紫的，都很鲜艳地开了。这是述说牵牛花的变化的，是叙事文。

2. 记事文和叙事文的混合

文体的分类原只是为说明便利和作者自身态度不同，实际上并没有纯粹属于某种体裁的文字，记事文和叙事文虽因所记述的对象不同而有区别，在一篇关于事物的记述的文字中，总是互相混杂的。例如："今天开了三朵牵牛花（叙事），一朵是红的，两朵是蓝的（记事）。"如果改成"今天一朵红的和两朵蓝的牵牛花开了"，便是纯粹的叙事文（甲）；又若改为"今天开的三朵牵牛花，一朵是红的，两朵是蓝的"，就是纯粹的记事文了（乙）。因为（甲）的目的在使读者知道牵牛花的变化，而(乙)的目的在使读者知道牵牛花的状态。

总之，叙事文和记事文，只是作者依旨趣和记述的对象不同，试将下例玩味其记叙混合的样子，就可更明白了。

翌晨，玛尔可负了衣包，身体前屈着，跛着脚，行入杜克曼布（叙）。这市在阿根廷共和国的新辟地中算是繁盛的都会（记），玛尔可看去，仍像是回到了可特准、洛赛留、培诺斯爱列斯一样（叙）。依旧都是长而且直的街道，低而白色的家屋。奇异高大的植物，芳香的空气，奇观的光线，澄碧的天空，随处所见，都是意大利所没有的景物（记）。进了街市，那在培诺斯爱列斯曾经验过狂也似的感想，重行袭来。每过一家，总要向门口张望，以为或可以见到母亲。逢到女人，也总要仰视一会，以为或者就是母亲。要想询问别人，可是没有勇气大着胆子叫唤。在门口立着的人们都惊异地向着这衣装褴褛满身尘垢的少年注视。少年想在其中找寻一个亲切的人，发他从胸中轰着的问话。正行走时，忽然见有一旅店（叙），招牌上写有意大利人的姓名。里面有个戴眼镜的男子和两个女人（记）。玛尔可徐徐地走近门口，振起了全勇气问："美贵耐治先生的家在什么地方？"（叙）

——《爱的教育·六千里寻母》

〔练习〕试将下文的叙事和记事的部分分析出来：

伊的避暑庄边有一个小小的丘样的土堆，汽船在这前面经过。每逢好天气，伊便走到那里，白装束，披着长的卷螺发，头上戴一顶优美的夏帽子。伊躺在丘上面，用肘弯支拄起来，将衣服安排好许多的装积，卷螺发的小团子在肩膀周围发着光，而且那一只手，那支着脸的，是耀眼的白。在自己前面伊摊着一本翻开的书；但眼光并不在这里，却狂热的射在水面上。伊这样的等着伊的豪富的高贵的新郎，伊的幻想的目的。只要他在船上，他便应该看出伊在山上的了。他们看见而且感动而且赶到伊这里来，那只是一眨眼间的事。

——《疯姑娘》

3. 叙事文的要素

照物理学的说法，一切的现象都含有四个要素：物质、能力、时间、空间。譬如“今天上午八点四十分火车从江湾开出”这一个现象，“火车”是物质，“开出”是能力的作用，“今天上午八点四十分”是时间，“江湾”是地方。叙事文既是记述现象的，所以也有四个要素：①现象的主体，②现象的演变，③现象发生的时间，④现象发生的场所。例如：

那日正当三月中浣，早饭后，宝玉携了一套《会真记》，走到沁芳闸桥那边桃花底下一块石头上坐着，展开《会真记》从头细看。正看到“落红成阵”，只见一阵风过，树上桃花吹下一大斗来，落得满身满书满地皆是花片。宝玉要抖将下来，恐怕脚步踏践了；只得兜了花瓣来至池边，抖在池内。那花瓣浮在水面，飘飘荡荡竟流出沁芳闸去了。回来，只见地下还有许多花瓣。

——《红楼梦》第二十三回

这一段叙事文虽然很短，所有的要素都完全了；分列如下：

①主体宝玉。

②事实看《会真记》，收拾落花。

③时间三月中浣某日早饭后。

④场所沁芳闸桥。

4. 叙事文的主想

叙事文和记事文一样，对于材料须有所选择。选择的标准，除记事文所说的“适切题目”和“注意特色”以外，还因文的目的而定。这个目的在叙事文中就是主想，大体有三类：

①以授予教训为主例如传记等。

②以授予知识为主例如历史等。

③以授予趣味为主例如小说等。

因了主想的不同，材料选择取舍的标准也就不一样。即如要叙述岳飞的事迹，作第一类的叙事文，应当对于他的家教、性行、逸事、格言等详加叙述，而于他的生卒年月、生的地方、官职、战功等却用不着详说。作第二类的叙事文却恰好相反，生卒年月等应当详尽，家教、轶事等只得省略。至于作第三类的叙事文，不但材料的选择不同，并且叙述的方法也就相异。《少年丛书》中的岳飞是第一类叙法，《宋史》中的岳飞是第二类叙法，《说岳传》中的岳飞是第三类叙法。总括一句，第一类以善为主，第二类以真为主，第三类以美为主。

自然，这种分类不过是就概括的旨趣说，同一文字有兼两种色彩，或竟兼三种色彩的，不过多少总有所偏重；这偏重的地方，便是一篇文字重要的目的，也就是主想。

作叙事文的时候，材料搜集好了，就要确定主想。主想一定，然后将材料依主想来选择，与主想有关系的便取，无关系的就舍。但有一点须注意，就是同一材料应当取舍，不是材料本身的重要与否的问题，而是与主想的关系重要与否的问题。

例如以《夏日游海边记》为题，而主想是“这日很热，到了海边真凉快”，假定全体材料中有下列各项：

①同行某君，他的父亲是个文学家。

②我坐了人力车到火车站。

③在车站买了车票，然后上车。

④火车逢站都停。

就一般的情形说，这种材料本身实不很重要，而于本文的主想的关系也不深，但如果还有别的材料相关联，因而发生重要关系的时候，却就都有用了。如文章像下面的时候，这种材料就用得着：

因为太热，并且我是病后，所以坐了人力车到车站（二）。好像我的车慢了，到车站的时候，车已要开，我就急忙买了车票，飞跑上车（三）。这部是慢车，每站都停，车中又热，烦躁极了（四）。同行某君是某文学家的儿子，很有文学趣味，一路和他谈论文学上的事，免了不少的寂寞（一）。

这样的叙述，所有好像不必要的材料都因了别的材料引到与主想关系重要的地位，就成为有用的了。反之如海边的人口若干，海边的故事、古迹等等，如无别的关联，就不是重要的材料。

5. 叙事文的观察点

叙事文所叙述的材料，不但是从作者自己经验得来，还有从别人的传说或书籍的记载得来的。材料的来处既然不一，或从甲面说，或从乙面说，当然不能一致。将许多材料连缀成文的时候如果也这样混乱，文章就有头绪不清、不易了解的毛病。即以《三国志》一书而论，关于诸葛亮伐魏的事，有时说“丞相出师”，有时说“诸葛亮入寇”，就各段分开来看，固然没有什么不合的地方。但就作者陈寿一个人的笔下而论，一个是以蜀为主体，一个是以魏为主体，居然有两样的观察点，就未免不当了。叙事文的观察点，就是作者所站的地位，可分为三种。

①居于发动者一边，例如说“丞相出师”，就是以发动者的蜀为观察点。

②居于受动者一边，例如说“诸葛亮入寇”，就是以受动者的魏为观察点的。

③居于旁观者一边，例如说“诸葛亮出师略魏”，就是以旁观者的地位为观察点的。

作叙事文须确定一种的观察点，全篇统一，不应摇动。通常的叙事文，以居于旁观者的地位的居多。但在旁观者的地位，作者对于各方面也要保持观察点的一致，不可随意变更。

（例一）

杨幺乘舟湖中，兵在楼上发矢石（1），官军仰面攻之，见舟而不见人，因而失败。岳飞下令伐君山的树为巨筏，塞满港汊，又用腐木乱草由上流放下，布置稳当，才和杨幺开战（2）。杨幺船遇了草木，轮不能鼓动，贼奔走港中，又被木筏所拒，因被牛皋捉着，诸贼皆降（3），果然八日就打平了（4）。

——《平民小丛书·岳飞》

这段本是以旁观的地位来记述的，却是观察点变了几次，（1）从杨幺方面，（2）从岳飞方面，（3）再从杨幺方面，（4）又从岳飞方面，逐条错乱，文字使人觉得繁杂不堪。若以杨幺方面为主改成下面的（一），或以岳飞方面为主改成下面的（二），那么文气就一致了。

（一）杨幺乘舟湖中，兵在楼上发矢石，使官军仰面来攻，见舟不见人，因而致胜。后来又和岳飞打仗，战船遇了岳飞从上流放下来的腐木乱草，轮不能鼓动；奔走港中，又被岳飞伐君山的树所作的巨筏所拒，就被牛皋捉着，部下皆降。

（二）官军因杨幺乘舟湖中，兵在楼上发矢石，仰面攻之，见舟而不见人，乃失败。岳飞下令伐君山的树为巨筏，塞满港汊，又用腐木乱草由上流放下，布置妥当，才和杨幺开战。草木既遇杨幺的船，使轮不能鼓动，逼之奔港中。而木筏又拒不令进。牛皋就将杨幺捉着，并招降诸贼。果然八日就打平了。

（例二）

紫鹃在屋里，不见宝玉言语，知他素有痴病，恐怕一时实在抢白了他，勾起他的旧病，倒也不好了；因站起来，细听了一听，又问道："是走了还是傻站着呢？有什么又不说？尽着在这里怄人！已经怄死了一个，难道还要怄死一个么！这是何苦呢？"说着，也从宝玉舔破之处往外一张。见宝玉在那里呆听，紫鹃不便再说，回身剪了剪烛花。忽听宝玉叹了一声道："紫鹃姐姐！你从来不是这样铁心石肠，怎么近来连一句好好儿的话都不和我说了？我固然是个浊物，不配你们理我；但只我有什么不是，只望姐姐说明了，哪怕姐姐一辈子不理我，我死了倒做个明白鬼呀！"紫鹃听了，冷笑道："二爷就是这个话呀！还有什么？若就是这个话呢，我们姑娘在时，我也跟着听俗了；若是我们有什么不好处呢？我是太太派来的，二爷倒是回太太去。左右我们丫头们，更算不得什么了！"说到这里，那声儿便哽咽起来，说着，又擤鼻涕。宝玉在外知他伤心哭了，便急的跺脚道："这是怎么说？我的事情。你在这里几个月，还有什么不知道的？就是别人不肯替我告诉你，难道你还不叫我说，教我憋死了不成！"说着，也呜咽起来了。

——《红楼梦》第一百十三回

这文中，除末了"宝玉在外，知他伤心哭了，便急的跺脚道：'这是怎么说？……'说着，也呜咽起来了"一段外，都是从紫鹃方面说的。如果把这段改为："只听得宝玉在外，好像知他伤心哭了，急的跺脚道：'这是怎么说……'说着，也呜咽起来了。"那就全体都是从紫鹃方面叙述了。

（例三）

从前阿拉伯地方，有一个养骆驼人家的儿子，名叫亚利，因为有要事要和他在斯哀治的父亲接头，骑了骆驼，带了水瓶，附队商出发。一路上队商彼此谈谈说说，亚利却只有自己的骆驼和他做朋友。他恨不得就看见他的父亲。

热带的太阳，火一样地照着沙漠。遇着难得的有树木和泉水的地方，大家就在此休息，解渴，再把水装满了水瓶，然后出发。夜了就在帐篷中住宿。

这样到了第四日，正午忽然起了大风，把砂吹得满天，走不来路，大家只得中止进行。后来风息了，砂也不飞了，却是出了一桩极大的困难，原来以前是依着骆驼的足迹走的，经过大风以后，骆驼的足迹如数消灭，方向也认不清楚，大家走来走去，总是找不出路来。这时候水瓶中的水已经完了，没法再得水，大家都弄得没有方法了（以上是从亚利一面说的）。

天夜了，队商中一人说："如果明日还不能寻得有水的地方，那么只有把骆驼来杀掉一匹，吃它肚里的水了。"别一个见亚利奔波以后倦睡了，便说：“与其杀别个的骆驼，还是杀那小儿亚利的吧。”这样二人在那里商量（观察点转到队商方向去了）。

亚利倦睡中，听见有人说他的名氏，便仍装了睡着的样子细听。听得二人在那里商量要杀他的骆驼，大惊，他想：“如果与他们同伴，骆驼就要被他们杀死。”不能再犹豫了，等到他们睡熟，就偷偷地把骆驼牵出，骑着逃了。

天上照耀着无数的星。亚利因他叔父的平常指示，略晓得关于星辰的事情，大略地知道何星在南，何星在北，他凭着了他这点的知识，定了一个方向，鞭着骆驼前进。

在这样试探方向的当中，天渐渐地亮了；忽见砂上有骆驼新行过的足迹。亚利得了这骆驼足迹的帮助，一直向南走，到了傍晚，隐约地看见前面有火光，急上去看，见有一群队商，在那里张幕野宿，亚利即从骆驼上跳下，和他们讲自己受困的情形，请求他们和他同伴（观察点又转到亚利方面来了）。队商听了亚利的告白，大家都感动起来，允了亚利的要求（观察点转到队商方面去了）。在斯哀治的父亲，早几天就晓得亚利要来，等得不耐烦起来了，恰好有还乡的朋友，就同伴回来，想在路上碰见亚利（观察点转到亚利父亲方面去了）。

亚利得了新同伴，就安了心，忽然听得许多骆驼的足音，见又有一群旅客从南方来了。这群旅客之中，有一个就是他的父亲，亚利意外地得着父子相遇，不觉悲喜交集了！

亚利和父亲无恙归家，把路上一切始末，详告他的母亲（观察点又转到亚利方面来了）。

亚利的母亲自从送亚利出门以后，心中怀着各种的忧虑，听了亚利的话就很欢喜，称赞亚利的勇气（观察点转到亚利的母亲方面去了）。

这篇文字，观察点变动了好几次，如果要专从亚利方面说，那么第四段以后的文字应该改作如下：

天夜了，亚利奔波以后，正倦睡着，忽然从睡梦中听见同伴队商的话声，一人说："如果明日还不能寻得有水的地方。那么只有把骆驼来杀掉一匹，吃它肚里的水了。"又一人说："与其杀别个的骆驼，还是杀那小儿亚利的吧。"

亚利听了这一番话，心里想道："如果与他们同伴，骆驼就要被他们杀死，不能再犹豫了！"于是等到他们睡熟时候，就偷偷地把骆驼牵出骑着逃了。

天上照耀着无数的星，亚利因他叔父平日的指示，略晓得关于星辰的事情，大略地知道何星在南，何星在北，他凭着了他这点的知识，定了一个方向，鞭着骆驼前进。

在这样试探方向的当中，天渐渐地亮了，忽见砂上有骆驼新行过的足迹，亚利得了这骆驼足迹的帮助，一直向南走；到了傍晚，隐约地看见前面有火光，急上去看，见有一群队商，正在那里张幕野宿。亚利急从骆驼上跳下，和他们讲自己受困的情形，请求他们和他同伴。亚利的告白感动了队商，他的请求也被他们许可了。

亚利得了新同伴，正安着心，忽然听得许多骆驼的足音，见有一群旅客从南方来了。这群旅客之中，不料有一个就是他的父亲，后来晓得他父亲在斯哀治早知亚利要来，等得不耐烦起来了，恰好有还乡的朋友，就同伴回来，想在路上碰见亚利的。亚利意外地得着父子相遇，不觉悲喜交集了。

亚利和父亲无恙归家，把路上一切始末，详告他的母亲，他的勇气大被母亲称赞。

这样改作以后，观察点一致，文字就一气，不犯繁滞的毛病了。叙事文原是把事件来展开使人看的，性质好像戏曲。观察点的变动，就是戏曲中幕的更动，戏曲中幕不应多变，叙事文的观察点也不应多变。

叙事文因观察点不同，对于同一材料，可作成各方面的文字。这步功夫，在学作叙事文上很是重要。有这样功夫的作者，对于一件事就能理解要从哪方面叙述才省事。

〔练习〕下面的例，是以旁观者的态度作的文字。试置观察点于裁判官方面，把它改作成一篇裁判官写给朋友的信。

有一位富人，向朋友讨债。这位朋友说并不曾借钱，想把债赖了。富人不得已，诉诸法庭。裁判官问原告：“你在何处借钱给他？”原告回答说：“在某处大树下。”裁判官说：“那么要叫大树来做证人了。”就命法吏执行召唤证人的手续。停了一会，裁判官对着表，独自说：“证人就快来了。”这时被告不觉自语道：“从这里到那棵大树，有六七里路，恐怕没有这样快吧！”裁判官听了这话，就说：“你晓得大树所在的地方，这就是你曾经受过钱的证据。”于是把这案判决如下：

“被告曾经向原告借钱，已自身证明，因此，被告应该把钱还给原告。”

6. 观察点的变动

照前节所说，叙事文的观察点不应变更，使文气一致而不散漫、冗繁。但这只是一般的原则，在长篇的或复杂的叙事文，要将各方面的情形都表现得适当，却不得不变动。大概，事实的间接叙述比直接叙述不易生动，所以在两件或多件事实有相同的重要，而只从一个观察点出发要将各方面都表现出来又非常困难时，观察点就不得不变动了。例如：

亲家再三不肯，王玉辉执意，一径来到家里，把这话对老孺人说了。老孺人道:“你怎的越老越呆了！一个女儿要死，你该劝他，怎样倒叫他死？这是什么话说！”王玉辉道：“这样死，你们是不晓得的。”老孺人听见，痛哭流涕，连忙叫了轿子去劝女儿了。

王玉辉在家依旧看书写字，候女儿的消息。

老孺人劝女儿，哪里劝得转，一般每日梳洗，陪着母亲坐，只是茶饭全然不吃。母亲和婆婆着实劝着，千方百计，总不肯吃，饿到六天上，不能起床。母亲看着伤心惨目，痛入心脾，也就痛倒了，抬了回来，在家里睡着。又过了三日，二更天气，几个火把，几个人来打门，报道：“三姑娘饿了八日，在今日午时去世了！”

——《儒林外史》第四十八回

这段文的目的，虽是在写出一个中了礼教的毒的人为虚荣忍心看着自己的女儿饿死；但王玉辉、老孺人和他们的女儿三个人的情况，都同样重要。并且，假定从王玉辉一方面叙述，那么老孺人劝女儿和女儿未死前的各种事情都无从表现，或难于表现；就是从另一方面叙述，也同样地不能周到。在这种时候，观察点虽变动了好几处，也是应当的。

叙述一件事，哪几方面的关系重要，以及哪些应当表现，哪些不应当表现，全依事件的性质，由作者自己的意见去判断，没有一个简明的标准。凡是有剪裁功夫的作者，当然能够得到这种标准的。上面所举的例，也可以说是有剪裁功夫的。

7. 叙事文的流动

叙事文的对象是事物的现象的展开，这展开的情形被叙述成文字的时候，就成了文字上的流动。现象的展开不止，文字的流动也就仍然继续，所以流动是叙事文的特色。

一件事的展开虽有一定的速度，但叙述这件事的文字，它的流动却有快慢。将事件展开的情况绵密地叙述，把事件中各方面详细地描写的，是慢的叙事文，只述事件的概要和其中各方面的大意的，是快的叙事文。

例如：

宋江起身净了手，柴进唤一个庄客，提碗灯笼，引领宋江东廊尽头处去净手，便道："我且躲杯酒。"大宽转穿出前面廊下来，俄延走着。却转到东廊前面，宋江已有八分酒，脚步趄了，只顾踏去。那廊下有一个大汉，因害疟疾，挡不住那寒冷，把一锨火在那里向。宋江仰着脸，只顾踏将去，正跐在火锨柄上；把那火锨里的炭火都掀在那汉脸上。那汉吃了一惊，惊出一身汗来。那汉气将起来，把宋江劈胸揪住，大喝道："这是什么鸟人！敢来消遣我？"宋江也吃一惊，正分说不得，那个提灯笼的庄客慌忙叫道："不得无礼——这位是大官人最相待的客官！"那汉道："'客官'，我初来时也是客官！也曾最相待过！如今却听庄客搬口，便疏慢了我，正是'人无千日好！'"却待要打宋江，那庄客撇了灯笼，便向前来劝。正劝不开，只见两三碗灯笼飞也似来，柴大官人亲赶到说："我接不着押司，如何却在这里闹？"那庄客便把跐了火锹的事说了一遍。柴进笑道："大汉，你不认得这位奢遮的押司？"那汉道："奢遮杀，问他敢比得我郓城宋押司，他可能？"柴进大笑道："大汉，你认得宋押司不？"那汉道："我虽不曾认得，江湖上久闻他是个及时雨宋公明，是个天下闻名的好汉！"柴进问道："如何见得他是天下闻名的好汉？"那汉道："却才说不了，他便是真大丈夫，有头有尾，有始有终！我如今只等病好时，便去投奔他。"柴进道："你要见他么？"那汉道："不要见他说甚的？"柴进道："大汉，远便十万八千里，近便只在面前。"柴进指着宋江便道："此位便是及时雨宋公明。"那汉道："真个也不是？"宋江道："小可便是宋江。"那汉定睛看了看，纳头便拜，说道："我不信今日早与兄长相见！"宋江道：

“何故如此错爱？”那汉道：“却才甚是无礼，万望恕罪，有眼不识泰山！”跪在地下哪里肯起来？宋江忙扶住道：“足下高姓大名？”

——《水浒》第二十二回

这是慢的叙事文。

宋江因躲一杯酒，去净手了，转出廊下来，跐了火锨柄，引得那汉焦躁，跳将起来，就欲要打宋江。柴进赶将出来，偶叫起宋押司；因此露出姓名来。那大汉听得是宋江，跪在地下哪里肯起？说道：“小人有眼不识泰山，一时冒渎兄长，望乞恕罪。”宋江扶起那汉问道：“足下是谁？高姓大名。”

这段所叙的事实和前段相同，只是简单得多，这是快的叙事文。

快的叙事文，以叙述事件的轮廓为目的；慢的叙事文，以叙述事件的情况为目的。两者的分别，正和中国画的写意画和工笔画相同。大体说来，小说属于慢的一类，历史属于快的一类。莎翁的剧本是慢的，兰姆兄妹所作的《莎翁乐府本事》就快了。《三国志》是快的，《三国演义》就慢了。

8. 叙事文流动的中止

叙事文的特色既然在流动，所以不但这流动须快慢适当，还须慎防中止。所谓流动中止，就是由时间的、动的叙事文，突然转到冗长的、空间的、静的记事文；或插入说明，使动态一时停滞。

（例一）

原来王夫人时常居坐宴息亦不在这正室，只在东边的三间耳房内，于是老妈妈引黛玉进东房来。临窗大炕上铺着猩红洋毯，正面设着大红金线蟒引枕，秋香色金线蟒大条褥。两边设一对梅花式洋漆小几；左边几上文王鼎，匙，箸，香盒，右边几上，汝窑美瓠，内插着时鲜花卉，并茗碗，茶具等物。地面下，西一溜四张椅子上都搭着银红撒花椅袱，底下四副脚踏；两边又有一对高几，几个茗碗花瓶具备；其余陈设，不必细说。

——《红楼梦》第三回

这段文中，除了第一句是叙事文以外，流动全然中止，以后都成了王夫人房中的记事文。若非把这一大节叙上不可，应当将所记的情况都改成由黛玉眼中看出的，而将末了“其余陈设，不必细说”的话删去，那么流动就没有停滞了。

（例二）

蒋门神见了武松，心里先欺他醉，只顾赶将入来。说时迟，那时快；武松先把两个拳头去蒋门神脸上虚影一影，忽然转身便走。蒋门神大怒抢将来，被武松一飞脚踢起，踢中蒋门神小腹上，双手按了，便蹲下去。武松一踅，踅将过来，那只右脚早踢起，直飞在蒋门神额角上，踢着正中，望后便倒。武松追入一步，踏住胸脯，提起这醋钵儿大小拳头，望蒋门神头上便打，（原来说过的，打蒋门神扑手：先把拳头虚影一影，便转身，却先飞起左脚；踢中了，便转过来，再飞起右脚；这一扑有名，唤作“玉环步，鸳鸯脚”。这是武松平生的真才实学，非同小可！）打得蒋门神在地下叫饶。

——《水浒》第二十八回

这段文中，括弧内的话都是作者所加的解释，这种说明加到叙事文中，也是使流动停滞的原因，若删去了，流动便连续不断，极有生趣。

9. 叙事文流动的顺逆

叙事文是按事物的变化来展开的，所以流动的方向也有两种：第一种，照那变化自然的顺序，依次叙述，这是顺的；

第二种，因为要叙明变化的前因后果，或并行的事件，不能全然依照自然的顺序而要有所颠倒，这是逆的。例如：

天气很冷，天下雪，又快要黑了，已经是晚上——是一年最末的晚上。在这寒冷阴暗中间，一个可怜的女孩光着头，赤着脚，在街上走。伊从自己家里出来的时候，原是穿着鞋，但这有什么用呢？那是很大的鞋，伊的母亲一直穿到现在，鞋就有那么大。这小女孩见路上两辆马车飞奔过来；慌忙跑到对面时鞋都失掉了。一只是再也寻不着，一个孩子抓起那一只，也拿了逃走了。他说：将来他自己有了小孩，可以当作摇篮用的。所以现在女孩只赤着脚走，那脚已经冻得全然发红发青了。在旧围巾里面，伊兜着许多火柴，手里也拿着一把，整日没有一个人买过伊一点东西，也没有人给伊一个钱。

——《卖火柴的小女孩》

今年盐政点的是林如海。这林如海姓林名海，表字如海，乃是前科的探花；今已升兰台寺大夫，本贯姑苏人氏；今点为巡盐御史，到任未久。原来林如海之祖曾袭过列侯，今到如海，业经五世。起初只袭三世，因当今隆恩圣德，额外加恩，至如海之父又袭一代，至如海便从科甲出身。

——《红楼梦》第二回

这两例中有好几处是逆行的。逆行虽有不得不用的时候，初学的人却宜注意，大概在普通的叙事文是用不到的。

说明文

刘薰宇、夏丏尊

1. 说明文的意义

解说事物，剖释事理，阐明意象；以便使人得到关于事物、事理或意象的知识的文字，称为说明文。例如：

一旁是字的形，一旁是字的声，所以叫作形声。

——《中国文化的根源和近代学问的发达》

科学的起源，不是偶然发现的，因为人类是有理性的动物，有种种心理的根据，所以发生科学。

——《科学的起源和效果》

说明文的性质，有时好像和科学的记事文相同，有时又好像和叙事文类似；其实全不一样。

说明文和科学的记事文有什么区别呢？最重要的一点，就是对象的范围不同。科学的记事文虽也是以记述事物的状态、性质、效用为主；但以特殊的范围为限，是比较具体的；说明文以普遍的范围为对象，是比较抽象的。如第二章第一节所举的例，第一个是记述一枝梅花的状态，第二个是记述屋内一部分的陈设，第三个是记述一个人的性质。范围既狭，所记述的也比较具体，使人读了自然可以就得到那些知识。但若要讲到“植物”“房屋的构造”和“人类的通性”等一般的事实，以及抽象的事理如“文学的意义”“实验主义”等，范围就扩大得多，不是记事文所能胜任的了。

说明文和叙事文的分别比较容易。关于事实的说明，对象虽和叙事文相同，但形式全然相异。如“今天上午八点四十分火车从江湾开出”，是叙事文的形式；而“火车从江湾开到上海是在今天上午八点四十分”，便是说明文的形式。还有一个区别，叙事文可带作者主观的色彩，说明文却不许可。

2. 说明文的用途和题式

说明文本来是用较浅近明了易于理解的文字去解明事物或事理，使它的关系明了，范围确定，意义清晰，给人以关于该事物或事理的普遍的正确的知识，所以用途很广。教师的讲义，科学的教科书，大半是说明文，固不必说；就是学术上的定义，字典上的解释，古书上的注解，事实真相的传达，凡足以使人得到明确的观念和理解的，都要用到说明文。

说明文的题式通常有疑问式和直述式两种：

（一）疑问式

（甲）书籍是什么？（乙）何谓文学？（丙）科学怎样起源的？

（二）直述式

（甲）书籍；（乙）文学；（丙）科学的起源。

在古文中还有用“说”字或“原”字加到题上的，如“士说”“原君”之类；但文中多羼入议论，所以不能因题式而判断文体。

3. 说明文的条件

说明文最简单的形式，就是单语的定义；复杂的说明文，无非是单语的定义的集合和它们的引申。先就单语的定义来讨论。

例如，“人是有理性的动物”是规定“人”的意义的，就是用“有理性的动物”六个字合起来说明“人”的概念。在这六个字中，又可分成两部分：一，“动物”；二，“有理性的”。“动物”是“人”所属的类；“有理性的”是“人”

在所属的类中所具的特色，就是“人”和所属的类中的其他的东西相差的地方，论理学上叫作种差。所以最简单的说明文的形式是：

类 + 种差

但说明文只是这样简单，通常不能就使人明了，非更详尽不可。因为说明文所说明的既不一定简单，而又是对于未知某事物、某事理的人才有作的必要，所以作法上必须的条件便须加多，共有六个，分说如下：

（一）所属的种类为了要使所说明的事物和其他关系较远的事物分离，所以须述它所属的种类；如要使“人”和植物、矿物等分离，就先说他是动物。又以“书籍”和“书信”为例：

（甲）书籍是印刷物。

（乙）书信通常是手写的。

（二）所具的特色将所属的种类，虽已叙述而能使它和其他关系较远的事物分离，但还要使它和关系较近的同属于一类的分离，所以必须述它的特色；如要使“人”和一切别的动物分离，必须叙述他的特点——“有理性的”。

（甲）书籍是预备永久保存，给多数人看的。

（乙）书信是处理一时的事情，代谈话用的。

（三）所含的种类因要内容明了，使人更易理解，而且理解的内容更充实，所以将事物所包含的种类叙述也是必要。但分类原须有一定的标准，所以叙述分类须将所用的标准同时叙出。

（甲）书籍在版本上，有刻版的、铅印的；在装订上，有洋装的、中国装的；在文字上，有洋文的、中文的；在内容上，有关于文学的、关于科学的、关于哲学的等等分别。

（乙）书信因所述事件的关系人的多少，有公信和私信的分别。

（四）显明的实例文字内将显明的实例举出，则愈加明了。

（甲）英文教科书是洋文的，国语教科书是中文的……

（乙）例如学校通知书和致全体同学书是公信，问候某君的信是私信。

（五）对称和疑似单从事物的本身直述，往往不易明了；所以若将对称的，即同属于一类而不是同种的，或疑似的，即好像同种而实不同的事物对照述说，更可使该事物明白显出。学术上的名词大概有对称的，通俗的事物多半有疑似的。

植物是生物中不属于动物的一部分。（对称）

习字纸也是用笔写的，但不以代谈话为目的，所以不是书信。（疑似）

（六）语义的限定语义因使用而多分歧，作说明文时，如果遇到容易误解的时候——如古语新用之类——非特别加以限定不可。例如：

共和是国家主权在全体人民，行政首长也由人民选出的一种国体，不是周召共和的共和。

上述各项，是说明作文法上的要件，现在以“文学”为题应用各要件，示范如下：

文学是一种艺术（一），换句话说，就是以文字做成的艺术（二）。纯粹的文学通常不以日用为目的（五），因体裁上有小说，诗歌，戏曲等分别（三）。《红楼梦》是小说，《长恨歌》是诗歌，《西厢记》是戏曲（四）。

文学不是普通的文字，也不是科学（六）。韩愈的《原道》，王船山的《读通鉴论》等，不是文学，物理学讲义，化学教科书等，也不是文学（四）。

我国古来，凡是文字都称文学，但是现在的所谓文学完全是小说、诗歌、戏曲的总称，和从前的意义是不同的（六）。

4. 条件的省略

说明文原是为未知某事物的人作的。在繁复的说明文，要正确、明晰，固应具备前节所述各条件，但遇某部分确已非常明了的时候，也可以省略。

（1）普通的省略。容易明了而不致误解的事物，或只以使人知道一个概要的，都可以只说大概。例如：

（甲）国家是人类社会组织之最大形体，包容一切社会生活。

——《新学制公民教科书》第一册第六章

（乙）国家是人类为满足需要兴趣而组织的团体，社会也是人类为满足需要兴趣而组织的团体，目的大概相同。但是社会只有人与人的关系，和人所在的土地无关，所以社会成立不限定要占据一定的疆土。人民如果没有一定的疆土，便不能成为国家。

——《政治学大纲》第四章第三节

（甲）和（乙）同是关于国家的说明，（乙）是详细、绵密的说法，（甲）是省略的说法。专门科学的文字都是（乙）类，通常的文字和口头的谈话以（甲）类为多。

（2）因比较而省略。利用读者所已知的事物，两相比较以说明的时候，和已知事物相同的条件，就可省略，这是常用的省略法。例如：

星云和一团云差不多，微亮，挂在空中，极像一缕烟。

日本人民受军阀的苦痛，也和我国一样。

这是利用读者已知的"云"和"烟"来说明"星云"，

利用读者已知的“我国军阀的横暴”来说明日本的军阀的。这种方法很有效用，所要注意的就是比拟要恰当，不然，一样地容易引起误解。

议论文

刘薰宇、夏丏尊

1. 议论文的意义

发挥自己的主张，批评别人的意见，以使人承认为目的的文字，称为议论文。

记事文是记述事物的状态、性质的，叙事文是叙述事物的变化的，议论文和它们截然不同，很是明显，最易混同的就是说明文。

说明文关于剖释事理的部分，和议论文很有容易混淆的地方。因为对于一事的内容，真是说得极详尽，那么它的价值怎样？我们对于它应持的态度怎样？都可不言而喻，用不着再加议论了。例如：把“社会主义”的意义、功用、优劣等都说到详尽无余，那么社会主义的可行不可行自然非常明了。又如：将“教育”的含义尽量发挥，那么教育应该怎样？人人应否受教育？也自然可以不必再说，就很明白。

照这样说来，议论文和说明文不是没有差别了吗？这又不然，第一是目的不同。说明文的目的是在使人有所知，议论文不但要使人有所知，还要有所信。

第二是性质不同。试就两者的题式看就可明了。说明文大概用单语为题。如“社会主义”“教育”之类。议论文则用一个命题为题，如“社会主义可行于中国”“教育为立国的根本”之类。一般议论文的题目，虽也有只用单语的，如“男女同学论”“孔子论”等，但不过是形式的省略，若从文章的内容去考察，便知仍是一命题。因为文中不是主张“男女应当同学”，便是主张“男女不应当同学”，不是说“孔子之道已不适于中国”，就是说“孔子之道仍当遵从”。议论文的题目原是文章的根本主张的概括的缩写，所以表面虽是单语，内容依然是命题。

第三是态度不同。说明文比较偏于客观，所以虽有时因各人的见解不同，不能人人一致，也有敌论者，但作者并不预计的。议论文却恰好相反，实际上虽未必就有人反对，作者心目中概假定有敌论者立在前面。因为若一切都成了定论，和数学上的公式一样，本来就无议论的必要了。“男女同学”所以还有议论的必要，正因有人主张也有人反对的缘故。

议论文虽和说明文不同，但议论文中用说明文的地方很多。因为没有说明做基础，判断很不容易下，例如要主张“男女应当同学”，那么教育的意义和男女的关系等，都非先加以说明不可。试就下例玩味一下就更可明了了：

但是到了现在，关于女子和文学的观念全然改变了。文学是人生的或一形式的实现，不是生活的附属工具，用以教训或消遣的；它以自己表现为本体，以感染他人为作用。它的效用以个人为本位，以人类为范围。女人则为人类一分子，有独立的人格，不是别的什么附属物。我们在身心状态的区别上，承认有男子女子与儿童的三个世界，但在人类之前都是平等。与男女的成人世界不同的儿童，世间公认其一样的有文学的需要，那么在女子方面这种需要自然更是切要，因为表现自己的与理解他人的情思，实在是人的社会生活的要素；在这一点上，文学正是唯一的修养了。

——《女子与文学》

2. 命题

断定用言语或文字表示出来称为命题。议论文实际上就是对于所提出的命题所给的证明——有必要的时候，还加上相当的说明——所以命题是议论文的根本。命题是一个完全的句子（sentence），但一个完全的句子除了表明语句（indicative）外，疑问语句（interrogative）、命令语句（imperative）、愿望语句（optative）、惊叹语句（exclamatory）都不是命题，因为所表示的都不是一个断定，用不到证明。

命题从性质上说，有肯定和否定两种。

（甲）竞争运动应该废止——肯定命题

（乙）竞争运动不应该废止——否定命题

在理论上只有这种形式的句子可以作为议论文的题目，但实际上常有不照这样直写的，（甲）、（乙）二项，可有下列各种格式：

甲	竞争运动应该废止	乙	竞争运动不应该废止
	竞争运动废止论		竞争运动奖励论
	排竞争运动		竞争运动应该保存
	论竞争运动		竞争运动的存废

论题本应是一个命题，就是一个完全的表明语句，但题目除表示论文的主旨外，有时还含有刺激读者的作用。所以如：“女子不该参政吗？”“文化运动不要忘了美育！异哉

所谓国体问题！”等形式的题目都有；但实际上不过是从“女子应当参政”“文化运动应当注意美育”“非国体问题”变化出来的。

作议论文的第一步，就是认定自己所要提出的命题。命题确定了，然后加以证明。所要注意的就是保持论点，不要变更，使议论出了本命题范围以外。例如“论莎士比亚的文学”，应当只从文学本身立论，不应该牵涉他幼时窃羊的事情。要排斥耶稣的教义，应当只从他的教义本身下攻击，不应该说他是私生子。因为文学和作者的幼时道德各不相关，教义的好坏和立教者的是私生子、非私生子毫无关系。如果要牵涉，就应当先证明两者的关系；必要使人承认幼时道德不好的，长大了也无好文学；私生子不能成伟大的宗教家，然后议论才立得住，不然总是谬论。这种毛病在批评别人的主张的时候较多，往往以攻击私人为压倒对手的武器。其实就是对手因为私德上受指斥不敢再答辩，也不是他的主张失败的证据。

3. 证明

命题既经认定，就应当加以证明，证明可分两种。

（1）直接证明，即是对于一种主张，找出积极的理由来证明。例如：

孟子曰："不仁哉梁惠王也！仁者以其所爱，及其所不爱；不仁者以其所不爱，及其所爱。"公孙丑曰："何谓也？梁惠王以土地之故，糜烂其民而战之；大败，将覆之，恐不能胜，故驱其所爱子弟以殉之。是之谓：以其所不爱，及其所爱。"

——《孟子·尽心》

这篇的主旨是说梁惠王不仁，而用"以其所不爱，及其所爱"的事实来证明。

（2）间接证明，就是所谓反证，对于一种主张，先证明对方面的谬误，使自己所说的牢固。例如：

孟子曰："世俗所谓不孝者五：惰其四支，不顾父母之养，一不孝也；博弈，好饮酒，不顾父母之养，二不孝也；好货财，私妻子，不顾父母之养，三不孝也；从耳目之欲，以为父母戮，四不孝也；好勇斗狠，以危父母，五不孝也：章子有一于是乎？"

——《孟子·离娄》

这篇的主旨是说匡章是孝子，而用他没有不孝的事实来证明。

大概，发表自己的主张，不能不有直接的证明；反驳他人的议论，间接证明最有用。例如，有人主张"足球应当废止"，他所持的理由是“足球危险”，就可用间接证明法反驳如下：

足球危险，不错。但是，世间危险的事情很多，火车也危险，飞机也危险。如果因为危险就应当废止，那么，火车、飞机也应当废止了；这是很不合理的。

用这种反驳法应当要注意对手的论点变更。若主张“足球应当废止”的人，因为这个驳议而声明说：“火车、飞机虽危险，但有用它们的必要，非足球可比的。”他的根据已全然变更了，最初的理由是“足球危险”，后来的理由是“足球危险而且非必要”，所以应当认为新论。

4. 演绎法、归纳法和类推法

演绎法、归纳法和类推法，是论证的基本方法。要知道详细，须求之于论理学，这里所讲的只是一个大概。

（1）演绎法

用含义比较广阔的命题做基础，来论证含义较狭的命题，这是演绎法。例如：

学校的功课都应当注意学习，——大前提

音乐是学校的功课，——小前提

故音乐应当注意学习。——断案

这是演绎法最基本的形式，通常称为三段论式；是用含义较广的“学校的功课都应当注意学习”和“音乐是学校的功课”两个命题来证明“音乐应当注意学习”的命题。上列的顺序是论理上的通常的排列法，在文字或语言上，常有变更。试以上式为例：

（1）学校的功课都应当注意学习“的”（大），音乐“既”是学校的功课（小）；所以音乐“也”应当注意学习（断）。

（2）学校的功课都应当注意学习“的”（大），所以音乐“也”应当注意学习“呀”（断），“因为”音乐“也”是学校的功课（小）。

（3）音乐“既”是学校的功课（小），学校的功课都应当注意学习“的”（大），音乐“也就”应当注意学习“了”（断）。

（4）音乐“既”是学校的功课（小），音乐“就”应当注意学习（断），“因为”学校的功课都应当注意学习“的”（大）。

（5）音乐应当注意学习“呀”（断），“因为”学校的功课都应当注意学习（大），音乐“也”是学校的功课（小）。

（6）音乐应当注意学习“的”（断），音乐“既”是学校的功课（小），学校的功课都应当注意学习“啊”（大）。

引号内的字是为句子的顺畅附加的，因为无论在文字上或语言上，常常还一定用很质朴的表明语句。大前提、小前提和断案不但排列的顺序可以变更，常常还有省略。例如：

（1）学校的功课都应当注意学习（大），音乐“也”是学校的功课“呀”（小）！

（2）音乐“既”是学校的功课（小），音乐“岂不”应当注意学习“吗”（断）？

（3）学校的功课都应当注意学习“的”（大），音乐“就”应当注意学习“了”（断）。

（4）音乐“既”是学校的功课（小），“就”应当注意学习（断）。

（5）学校的功课都应当注意学习（大），音乐自然不是例外（断）。

只要意义能够明白，在文章上排列变更，要素省略都无妨。为了文章辞调的关系将命题的形式改换也是必要。但若要检查议论的正否，却须依式排列。例如：

（1）桀纣之失天下也，失其民也。

——《孟子·离娄》

（2）天子不能以天下与人。

——《孟子·万章》

（3）他不用功，故要落第。

这些议论若要施以检查，须将省略的补足，成一完全的三段论式如下：

（1）失其民者失天下，

桀纣失其民者也，

故桀纣失天下也。

（2）天子不能以天下与人，

尧为天子，

故尧不能以天下与人（舜）。

（3）不用功的学生都要落第，

他是不用功的学生，故他要落第。

演绎法的议论，全以两前提做基础，所以如前提中有一不稳固，全论就不免谬误。如前例第三个论式：

不用功的学生都要落第，

他是不用功的学生，

故他要落第。

这论式中，大前提就不甚稳当，因为世间尽有天资聪明，不用功而可以不落第的学生。

世间原难有绝对的真理，所以就是论式各段都无误，也不是就没有辩驳的余地。不过各段的无误，是立论的必要条件，若没有这条件，议论的资格都没有了。

演绎法的两个前提原是立论的根据，假若对于一前提不易承认，还须别的三段论法，把这前提来证明。例如要论证“人类必须有教育”的一个命题，假定是用下列的论式：

人类须有知识，——小前提

知识由教育而得，——大前提

故人类必须有教育。——断案

这论式中的小前提实在是很有疑问的，所以必须再加以证明如下：

生存须有知识，——大前提

人类要生存，——小前提

故人类须有知识。——断案

倘使这论式中的前提还有疑问，那么非再加以证明不可；繁复的议论文大概就是由许多三段论法联合成的。

（2）归纳法

归纳法和演绎法恰好相反，是集合部分而论证全体的论法。例如，用演绎法证明“某人是要死的”。其论式如下：

凡人都是要死的，——大前提

某人是人，——小前提

故某人是要死的。——断案

这例中的大前提“凡人都是要死的”的一个命题是否真

实，如果要加以证明，也可用下列的演绎法的论式：

凡生物是要死的，——大前提

人都是生物，——小前提

故凡人都是要死的。——断案

对于这个论式的大前提“凡生物是要死的”的一个命题，若还有疑问，须加以证明，那就不是演绎法所能胜任的，非用归纳法不可了。论式如下：

牛是要死的，马是要死的，羊是要死的，草是要死的，树是要死的，袁世凯死了，西施死了，我的祖父母死了……牛，马，羊，草，树……袁世凯，西施，我的祖父母……都是生物。

故生物是要死的。

这式的两前提都是以经验所得的部分集合起来，由此便得到“生物是要死的”的结论。

归纳法中有两个应当遵守的条件：

（1）部分事件的集合须普遍而且没有反例；

（2）有明确的因果关系。

这两个条件如果能满足一个，大概可以认为没有错误。用例来说：

（1）有角动物都是反刍动物。

在这例中，“有角”和“反刍”有没有原因结果的关系，这在现在的科学上还没有证明，所以不能满足第二个条件；但有角的动物如牛、如羊、如鹿等都是反刍的，并且没有反例，即有角而不是反刍的动物可以举出，这就满足第一个条件；而可认为正确的了。

（2）有烟的地方必定有火。

这例中的“烟”同“火”是有因果关系的，满足了第二个条件，所以就是不遍举事例，也可认为正确。

（3）文化高的国民都是白晳人种。

这例虽可举出英、美、德、法等国民来做例证，但有印度、中国等反例可举，不满足第一个条件。并且，明确的因果关系也没有，又不满足第二个条件。这样的归纳便是谬论。

最有力的归纳法，是第一、第二两个条件都能满足的；因为事例既普遍而无相反的例可举，原因结果的关系又极明了，自然不易动摇了。所应注意的，有无反例可举和人的经验有关系；就现在所经验的范围虽无反例，范围一旦扩大也许就遇见了反例；所以归纳法所得的断案常是盖然的。但原因结果的关系既已明确，就有反例可举也不能斥为谬论；这只是原因还没完全举出，或反例另有原因的缘故。例如：

居都市的人比居乡村的人来得敏捷。

这就是生活状况的不同，一是刺激很多，一是清闲平淡，可以将原因结果的关系说明的；虽有一二反例，必定别有原因存在，对于原论并不能动摇。

（三）类推法

根据已知的事例而推断相类的事例的方法，这是类推法。例如：

地球是太阳系的行星，有空气，有水分，有气候的变化，有生物。——已知的事例。

火星是太阳系的行星，有空气，有水分，有气候的变化。——相类的事例。

故火星有生物。——断案。

类推法应用时须遵守下列的两条件：

（甲）所举的类似点，须是事物的固有性，而不是偶有性；

（乙）被推的事物须不含有与断案矛盾的性质。例如：

（1）孔子与阳虎同是鲁人，同在鲁做官；若依了这些类似点，因孔子是圣人就推断阳虎也是圣人，这便犯了第一个条件；因为这些类似点都是偶有性。

（2）甲、乙二鸟，声音，大小，形色都相同。但乙鸟的翅曾受伤折断；若依类似点因甲善飞就推断乙也善飞，这便犯了第二个条件，因为翅的折断和善飞，性质是矛盾的。

5. 证据的性质分类

判断一件事，总是以经验做根据，而依前两节所举的方法找出证据来。由性质上，证据有种种的不同，分述如下：

（一）因果论

因果论又名盖然论，是根据了“同样的原因必生同样的结果”的假定，以原因证明结果。例如：

（1）某人平日品行方正（原因），这次的窃案大概和他没有关系（结果）。

（2）他作文成绩素来很好（原因），这次成绩不良，大概是时间局促的关系（结果出预想之外，因为别有原因的缘故）。

这都是因果论，普通所谓议论，大概是这类最多。因果论所以又名盖然论，就是因为这种议论并不是确切可靠的缘故。对于同一事件，往往可做正相反对的因果论，即如前例的：

（1）某人平日品行方正（原因），这次的窃案大概和他没有关系（结果）。

对于这一个因果论也可做正相反对的第二个因果论：

（2）某人近来很穷（原因），或不得已而窃盗（结果）。

这两个因果论，可以同时发生，在这时候，要决定究竟哪一个成立，实是一件很难的事。就是能够证明某人真是渴不饮盗泉的丈夫，但仍不能将（1）确立而推翻（2），因为还有第三个、第四个乃至无穷个因果论可以发生。即如：

（3）某人的母亲病得很危险，他正困于医药费（原因），或竟至于窃盗（结果）。

这个因果论更为有力，某人品行既好，当然有孝行，对于母亲的病自是要想尽方法去医治；那么急不暇择，也是人情。

从这例看来，可知因果论是个确度很小的论法。所以用这个论法的时候，通常须用“大概”“或”等推量的语气，万不可取断定的态度。

但因果论虽不是充足的可靠的议论，却是必要的、很有价值的。所以无论何种议论，至少非有一个因果论的证据不可。否则，即使别的证据很多，也不可靠。例如甲有杀乙的嫌疑时，假定有下列各种证据：

（1）乙被杀时，甲确不在家。

（2）甲家有带血迹的刀。

（3）甲的衣上有血。

这类的证据无论有多少，假定甲所以要杀乙的原因一点不明白的时候，依然毫不足凭，而不能据以断定乙是甲杀的。如果能求得下列的事实的一种或一种以上，那就可以认甲为杀乙的嫌疑者。所以仅一因果论的证据虽不足恃，若与别的证据联合起来，就成有价值的论法了。假定所得的事实如下：

（1）甲曾因金钱关系与乙有仇。

（2）甲和乙前几天曾打架而被打伤。

（二）例证论

将和结论相同的事例引来做议论的证据，叫作例证论。例如：

（1）某人身体原很弱，因从事运动，今已健康（事例）；所以运动是有益于健康的（结论）。

（2）甲学生很用功及了格，乙学生不用功落了第（事例）；所以要及格非用功不可（结论）。

（3）投石于水，就沉下去，投木片于水，则浮在上面（事例）；可知轻的东西是浮的，重的东西是沉的（结论）。

这都是例证论。例证论以部分来推全体，或以甲部分来推乙部分。前一种是归纳法的，归纳的法则应该严格遵守；后一种是类推法的，类推的规则切不可犯。除此以外还有几个条件应当特别注意：

（甲）人事和物理的不同。前例中（1）和（2）是人事，（3）是物理。物理以物为对象，物质界是有普遍的法则可寻的，所以大概可以说有一定。甲石沉了，乙石也沉了，可以说凡石都要沉的；甲木浮起，乙木也浮起，可以说凡木都要浮起的。但人事界的现象却没有这样的简单。甲从事运动身体康健了，乙从事运动或反而生病；因为体质、情形都不一定相同，结果不一定同也是应该的。丙不用功幸而不落第，就以为不用功可以不落第；某人买彩票发财，就去买；某人的阿哥的学问好，就以为他的学问也好；这些谬误，都是一类。

（乙）“假定”不能做例证。例证须是事实，“假定”做不来例证。世间往往有以“假定”做例证而应用例证论的。例如：

（1）精神一到，何事不成（假定）；凡毕业颠沛流离的，都是精神不振作的缘故（结论）。

（2）他如果就了商业，已经可以做商店的经理了，何至穷得这样（假定）；所以读书不如经商（结论）。

（1）例中，事的成不成非做了以后才能晓得的；（2）例中，经商能不能就做商店经理，而不穷困，也要经了商才可知道的。只悬揣了一个假定，再从这假定立了脚来推论，即使常识上通得过去，总不可靠。

（三）譬喻论

譬喻论和例证论相似，不过例证论是引用和结论相同的事例做证据，譬喻论是引用和结论相似的事例做证据。例如：

（1）加热于蒸汽机关，则机关运转，故热可转成运动。（例证论）

（2）像蒸汽机关的运转需煤一样，生物在生活上也需食物。（譬喻论）

譬喻论中所最要紧的，就是两方面的类似的关系。譬喻要得当，就是两方面中各自所存有的关系要有适当的关联。试就上例分解如下：

（1）蒸汽机关的转动要发热的东西（煤），故运动要有发热的东西。（归纳的例证论）

（2）运动要有发热的东西，故生物的运动（生活）也要有发热的东西（食物）。（演绎的因果论）

适当的譬喻，照上面的样子分解起来，例证论和因果论间一定有相当的可以存在的关系。假如其中有一式错误，譬喻论的全体也就要错误。今示误谬的例子于下：

浙江人比湖南人好，好像浙江绸比湖南绸好一样。

这种譬喻论的谬误是谁都晓得的。所以谬误的原因在哪里呢？试分解一下就晓得了：

（1）浙江绸比湖南绸好，所以浙江的一切比湖南的一切好。（归纳的例证论）

（2）浙江的一切比湖南的一切好，所以浙江人比湖南

人好。（演绎的因果论）

这二式中，（1）的例证论明明不合归纳的法则，事例既不普遍，因果关系也不明确，要举反例，不论多少都可以举出，如湖南的夏布就比浙江的好之类。（2）的演绎式的大前提既谬误，断案当然也靠不住了。就是分解起来，（1）的归纳式不错，而（2）的演绎式错了，也一样地靠不住。

检查譬喻论的方法除将它分解以外，还有一种，就是审察两面的关系类似不类似。就前例说："浙江绸"和"湖南绸"的关系，与"浙江人"和"湖南人"的关系全不类似。不类似的关系当然不能譬喻的。至于"蒸汽机关"和"煤"的关系，同"生物"和"食物"的关系，就是类似的了。

譬喻论，我国古来用的很多，现在也着实有不少的人用它，讹诈百出，最易使人受欺；大家注意辨别。

（四）符号论

符号论和因果论恰相反，因果论是从原因推证结果，符号论是从结果推证原因。例如：

（1）某人没有一定的职业，应当很穷。（因果论）

（2）某人到了严冬还穿夹衣，可见他很穷。（符号论）

符号论是以实际的形迹（符号）来证明所论的准确的。见学生上课时在讲堂中睡眠，说教师不能引起学生的兴味；

见水的结冰，说大气的温度在冰点以下；见日本打胜了俄国，说日本比俄国文明程度高；这都是符号论。通俗所谓“理由”的，大概是因果论；所谓“证据”的，大概是符号论。

因为同一事实，可以由种种的原因发生，所以符号论虽是由结果而推论原因的议论，也是不完全可靠。例如：

学生上课时在讲堂中睡眠，足见教师不能引起学生的兴味。

这议论也可有别种的说法：

学生上课时在讲堂中睡眠，足见学生不十分注意学业。

学生上课时在讲堂中睡眠，足见学校的功课太繁重，学生担负不下。

符号论一不小心就容易生出谬误。因为是博士，就崇拜他，说他有学问；因为是孔子说的，就相信它一定不错；因为西洋人也这样那样，所以非这样那样不可；看看报上某商店的广告，就信某店的货物精良；都是这一类的谬论。

符号论中最可靠的，是那结果只有一种原因可以生出来的时候。例如：

河水结冰了，可知天气已冷到摄氏表零度以下。

这是可靠的议论，因为除了天气已冷到摄氏表零度以下，没有别的原因可以使河水结冰的。但是像：

碗中的水结冰了，可知天气已冷到摄氏表零度以下。

这就不大可靠。因为使碗中的水结冰的原因还有别的，人工的方法就是一个。

就大概说：自然界的现象，符号论大体可靠，一涉到人事，关系非常复杂，用符号论大须注意。

6. 各种议论的联络

前节所述的四种议论，各有缺点；所以单独使用很不可靠。但是若能将二种以上的议论联结起来，就成有力的议论了。例如甲有杀乙的嫌疑时，如果在同一事情，得到下列种种事实，那末甲是嫌疑人，差不多可以断定了。

以上是三种议论的联结，若能四种联结，更为可靠。所应注意的，就是因果论和符号论并不全然可靠，至于例证论和譬喻论更只能做补充用，力量很微弱，即以上例来说，虽已有五个证据，但最多只能说甲有嫌疑，至于甲是否杀乙，依然不能断定。所以，关于这一类事实要下判决，非有确实的人证（如当场见到）或物证（如刀与伤口）不可。因此，裁判官只能用各种方法引诱甲自行承认，而不能依自己所得的盖然的证据推断。因为上面的事实，甲和别人血斗或杀的不是乙，甚或别人嫁祸，（4）和（5）都可以存在的，至于（1）、

（2）、（3）都是已过的事，用作证据本来力量很不大。

7. 议论文的顺序

文章原无一定的成法，议论文的顺序当然也不能说有一定。以下所说的事项，不过是普通的说法。

（1）命题的位置

议论文原是对于命题的证明，命题当然是议论文的根本。所以命题在一篇文章中应该摆在什么地方；还是先列命题，后来说明呢；还是先加说明，后出命题呢？这实在是一个问题。

在最普通的文章，应该先提出命题，使读者开首就了解全篇主旨所在。若是把文章读了半篇，还不能晓得究竟讲点什么，这类不明晰的文章，普通不能算好的。

先列命题，能使文章明晰，却是有时也不应当先将命题列出：

第一，命题容易引起反对的时候，例如对学校学生主张有神论，或对宗教家主张无神论的时候，倘使先把命题揭出，必致开端就惹起观听者的反对，以后虽有很好的证明，也不足动人了。这种时候，应当先从比较广泛点的地方起首。对学生讲有神论，可先从科学说起，说到科学不可恃，再提出有神论来。对宗教家主张无神论，可先说古来有神论和无神论的派别，各揭出其优劣，使听者觉得无神论也有若干的根据，然后再提出自己主张无神论的意见。

第二，命题太平凡的时候，例如在慈善会场中演说“人要有慈善心”的时候，若开端先将命题提出，听的人就厌倦了。这种时候，可从“生存竞争的流弊”等说起，使听者感觉慈善的必要，然后再提出本命题来。

（2）证明的顺序

通常因果论应当列在前面，符号论列在最后。因果论若列在最后，就使已经证明的事情和当面的问题无涉。若四种论证都全备的时候，就是（1）因果论、（2）譬喻论、（3）例证论、（4）符号论；这是最普通的。

先列因果论，使读者预想有像结论的事实。次列譬喻论和例证论，使读者预想着在别时别地所有的事实，或者在此也要起来。到了最后的符号论，使读者觉得所预期要起来的事实果真起来，就能深切地信从了。再用前面所举的甲杀乙的事例来说：

①甲与乙因金钱关系有宿怨。（使读者预想甲或因此杀乙。）

②甲虽是个平和的人，但因愤怒改变素性；好像水虽平

静，遇风也要起浪。（使读者信平和的甲，也可杀乙。）

③从前某人某人都是平和的人，都因愤怒及金钱关系，有过杀人的行为。（使读者因从前的实例，坚信甲有杀乙的可能。）

④甲家有带血的衣服，且乙被害时，甲确不在家。（因证据使读者坚信甲是杀乙的。）

8. 作驳论的注意

议论文以推理为根据，除了自然界的现象以外，人类社会的事情非常复杂，而人的推理又非绝对可恃，所以无论何种名文，总不免有驳击的余地。并且议论原是假定有敌论者存在，否则已用不到议论。从这一点说，议论文可以说是广义的驳论了。今姑且就一般的所谓驳论，略述一二。

（1）寻求敌论的立脚点。要反驳敌论，自然从要害驳击为最有效，所以寻求敌论的立脚点是第一步功夫。对于敌论应当找出它的主旨，就是根本的命题。其次要寻出它证明的根据和法式——演绎或归纳或类比。

（2）反驳的方法。对于敌论所用的证论的法式既已明了，只需检查它违反哪一种条件。但只是将证论推翻，不一定就能打倒敌论的根本命题，所以最重要的还是对于这命题的驳击。

命题由性质上分，有肯定和否定两种，如本章第二节所说；若由分量上分，又有全称和特称两种。例如：

上例在质上（1）、（3）是肯定，（2）、（4）是否定；所以从质和量上分，命题有四种：（1）全称肯定，（2）全称否定，（3）特称肯定，（4）特称否定。

将质或量不同，而所含的概念相同的命题对证，称为对当。对当有各种形式，须于论理学中求之。现在只讲其中的一种矛盾对当，即全称肯定和特称否定以及全称否定和特称肯定。矛盾对当的性质是此真则彼伪，此伪则彼真，因此对于敌论命题的攻击，这种方法最方便而有效。

议论的命题应当是全称，若为特称立论本已非常无力；所以驳击敌论的全称命题，只需从它的矛盾对当的特称命题下手；因为证明特称命题实较证明全称命题容易。例如：

①敌论——凡哺乳动物都住在陆上。

——全称肯定

驳论——有哺乳动物（鲸）不住在陆上。

——特称否定

②敌论——白话不能达古书之义。

——全称否定

驳论——有教师讲解时白话能达古书之义。

——特称肯定

上例若驳论成立，敌论当然被推翻，而驳论都是特称，只要有一二例证就可成立，所以最方便而有效。

〔注意〕证明全称肯定或否定以推翻特称否定或肯定也是矛盾对当，但于作驳论少有用处，所以不详细讲了。

（3）应注意的条件。作驳论应注意的重要条件有下列的三个：

第一，勿助长敌论的声势。敌论者如果是有声望的人，议论往往在一般人的心里有强固的印象。这时候务必设法使敌论的印象减轻，以便自己的议论容易透入人心，切不可助长敌手的声势。例如对某博士的文字作驳论的时候，如果说：

某君是个博士，是个大学教授，学问很渊博，他的议论，当然不是我们做中学生的所够得上批评的。

不过……

这就是不利于自己的议论。但是也不可因此而发些轻薄的议论去糟蹋对方，这是作者的人格问题。

第二，勿曲解敌论。驳论是将自己对于敌论的反抗，公诉于一般的读者的文字。对于敌论必须不以恶意去曲解它。

否则无论怎样，不能中它的要害，并且不能得读者的同情。

第三，驳论的位置。最有力的驳论最好放在中部，后半篇可用强有力的方法发挥自己的主张，使读者忘了所读的是驳论，而信从自己的主张。

以上所说的各项，并不是想取不正当的胜利，只是用来防不应当有的失败，千万不要误用。文章真要动人，非有好人格、好学问做根据不可，仅从方法上着想总是末技。因为所可讲得出的不过是文章的规矩，而不是文章的技巧。

小品文

刘薰宇、夏丏尊

1. 小品文的意义

从外形的长短上说，二三百字乃至千字以内的短文称为小品文。前几章所讲的记事、叙事、说明和议论等，是从文的内容性质上分的，长文和小品文只是由外形而定。因此小品文的内容性质全然自由，可以叙事，可以议论，可以抒情，可以写景，毫不受何等的限制。

小品文，我国古来早已有了，如东坡小品就很有名；普遍的所谓“随笔”，也可看作小品文的一种。近来在各国，小品文更盛行，并且体裁和我国的向来的所谓小品文大不相同。现在的所谓小品文实即 Sketch 的译语。大概都是以片段的文字，表现感想或实生活的一部分的。例如：

雪夜

从早晨就暗淡的天，一到夜就下了雪了。由窗隙钻入的寒气冷到彻骨，好像是什么妖魔用了冰冷的手，来捉摸人的头颈似的。才将夜饭碗盏收拾好的母亲，在灯下又开始做针线，父亲呢，一心地看着新闻。饭毕就睡了的小妹，好像是日间跑得太厉害了，时时在被窝里发出惊叫来。

雪依然没有止，后园里好几次地有竹折断的声音。夜不觉深了，寒气渐渐加重，连远处传来的犬吠声，听去也觉得分外地带着寒森凄清了。（写景）

红蜻蜓

就枯草原上卧了，把书翻开，忽然飞来了一个红蜻蜓，停在书页上面。头影一动，就好像触怒了它的样子，即刻飞去了。飞也不远，仍旧回到原处。我寂然不动地看它：尾巴缓缓地孑孑地动着，薄薄的两只翼翅，尽量伸张，好像单叶式飞行机的样子。不时又闪转着那大而发光的眼睛。

在晚秋的当午的强烈的日光中，红色的蜻蜓，看去却反觉有点寂寞。（状物）

田畔

倦了在田畔坐息，前面走过了穿着中学校制服的学生们，仔细一看，是K君与N君。他们不知道我在这里，一壁走着，一壁高声地谈着。

唉！唉！在小学校的时候，我比K君N君成绩好得多，先生也说我是有望的少年，只为了贫穷的缘故，就这样朝晚与田夫为伍。我难道竟以田夫过这一生吗？

那未免太悲哀了！但是有什么法子可想呢？我心如沸了！虽自己不愿哭，眼泪已流下颊上了！（抒情）

鸡

鸡告诉我们天地的觉醒，但所告诉的并不一定是光明。

鸡的第一次开声，是夜的最黑暗的时候。

鸡在深暗中叫，鸡是在深暗中叫的！（议论感想）

读者读了上面的例，当可明白小品文是怎样的东西了。小品文虽然也有独立制作的，其实多散见于长文中。有名的文学作品中含有小品文极多，几百页的长篇小说，也可看成小品文的连续。在近代作品中，果能节取，随处可得到很好的小品文范例。例如：

风雨的强度渐渐地退减，不久，就只剩了雾样的非常美丽的细雨。云的弧线一点点地透升上去，长而且斜的日光，即落在地上了。从云的裂缝里，露出一条碧色的天空，这裂缝次第展开，像个揭去面纱的样子；既而澄净深碧的天空就罩住世界。新鲜的微风拂拂地吹着，好像地球的幸福的叹息，掠着湿雨的小鸟的快乐的歌声，可从田野森林间听得。

——莫泊桑的《一生》

从黎明起，平常所没有的凝然而沉的浓雾，把一切街道闭住了。这虽若干地轻微透明，不至于全不看见东西，可是在雾中行走的人们，都已浸染着了那不安的暗黄色；女人脸上鲜活的红色以及动人目的衣服花样，都好像隔了一层黑的薄纱，在雾中有时茫然地暗，有时豁然地鲜明。南首天空，在蚊帐样的黑云里，藏着日脚很低的十一月的太阳，比地上远来得明亮；北首则到处沉暗，好像低挂着大大的幕，下面昏黄而黑，物象分辨不清，几同夜间一般。于这沉滞的背景中，模糊地浮出着薄暗的淡灰色的屋宇，在秋天已早荒废了的某花园的门口竖着的两圆柱，看去宛像死人前面列着的一对的黄蜡烛……

——安得列夫的《雾》

祖母死后数年，父母也都跟着做了这墓中的人，到现在已星霜几易了。墓碑满了藓苔，几乎看不出文字，虽默然地立着不告诉我什么，但到此相对，不觉就如目见墓中人一样。他们生前的情形，都一一不可遏地奔到我心上来：祖母驼圆了背在檐下曝日的光景，父亲的将眼鼻并在一处打大喷嚏的神情，母亲着了围裙浆洗衣服的样子，都显然地在我眼前浮出。

飒然地风来了，树叶瑟瑟地作声。明知道只是树叶的声音，然在我无余念的人的耳中，好像是有一种曾听见过的干皱的沙音，快活的高声，和低而纤弱的喉音，纷然合在一起，在那里忙说着什么似的。忽然间声音一停，以后就寂然了。

我的心也寂然了。从这寂然的心坎中忽然涌起了怀慕的心情，不觉眼中就含了泪了。唉！如果可以，我愿就这样到墓中去，不再返尘世了！

——二叶亭四迷的《平凡》

以上不过就近代外国文学作品中略举数例，这样好的小品文，在我国好的文学作品中当然也很不少。如《儒林外史》中的王冕放牛，和《水浒传》中的景阳冈一段，都可作小品文读的。读者只要能留心，就可随处得着小品文的范例了。

2. 小品文在文章练习上的价值

小品文自身原有独立的价值，且不详论。练习小品文，对于作长文也很有帮助，就是可以增长关于作文所需要的各种能力，所以对于文章练习上，利益很多。兹述一二于下：

（1）可为作长文的准备。画家学画，须先从小部分起，非能完全描一木一石的，决不能画全幅的风景，非能完全写一手一足，决不能画整个的人物。文章也是这样，不能作全部分的文字的，即使作了长篇的文字，也绝不会有可观的价值。所以与其乱作无谓的长文，不如多作正确的小品文。换句话说，就是学文须从小品文入手。

（2）能多作文有三多：多读，多作，多商量，这是学文者无可反对的条件。但长篇文字要多作，实不容易，小品文内容既自由，材料又随处可得，并且因字数很少，推敲，布局都比较容易，很便于多作，能多作，作文的能力就自然进步了。

（3）能养成观察力。小品文形既短小，当然不能容纳大的材料。因此，要作小品文，无论写情、写景，非注意到眼前事物的小部分，将它的特色生命来捕捉不可。这么一来，结果就可使观察力细密而且锐敏。细密而且锐敏的观察力，实在是文人最重要条件之一。

（4）能使文字简洁。要作小品文，因它的字数有限，断用不着悠缓的笔法，非有扼要的手腕不可。所以学习小品文，可以使文字简洁。初学作文，最普通的毛病是冗漫、宽泛，因为初学者对于材料还没有选择取舍的能力，不容易得着要领的缘故。若作小品文，这毛病立即现出，渐渐自然会简洁起来，而对于材料也能精于选择、取舍。这种工作，原是作文的第一步，也就是作文方法的一切。如果真能通达，已可算得有作文的能力了。

（5）能养成作文的兴味。初学作文的人，往往因为作得不好，打断兴味，而自觉失望，这是常见的事。长篇文字所需的材料既多，安排也不容易，初学的人当然没有作得好的可能，屡作都不好，兴味就因而萎缩了。小品文以日常生活为材料，并且是片段地收取，因而容易捕捉，材料既不复杂，安排也容易；即使作了不好，改作也不费事。为了这样，学作小品文既容易像文字，而很好的成绩偶然也可得着；作者的兴味当然可以逐渐浓厚。

学作小品文的好处如要细述，还不止此，但这已证明有学它的必要了。读者要学作文章吗？先努力作小品文吧！

3. 小品文练习的机会

小品文本随时可作、随地可作，不必再待特别机会。这里姑举一二便于作小品文的机会于下：

（1）日记。日记因人的境遇、职业不同，种类当然很多，但大体可别为二种，一是只记述行事的，一是记述内面生活的。在普通人的日记中，两种时时相合，前者重事实方面，后者重心情方面。例如：

晨五时起，到后园散步，早膳后赴学校。授课三小时。傍晚返寓。S 君来谈某事，夜接 N 自沪来信。灯下作覆书。阅新到杂志。十时就寝。

数日来的苦闷，依然无法自解。来客不少，可是都没有兴高采烈地接待他们。客散以后，一味只是懊恼，恨不得将案上的东西，掷个粉碎。天一夜，就蒙被睡了。

上面二例，前者是以行事为本位的，后者是以心情为本位的。两者虽任人自由，没有限制，但为练习文章计，应当注意这两方面的调和；一味抒述内心生活，虽嫌虚空，然账簿式的事实的排列，也实在没有趣味。因此，最好的日记是于记述事实之中，可以表现心情的作法。请看下例：

昨晚执笔到一点钟；起来觉得有点倦懈。天仍寒雨，窗外桃花却开了。H 来谈，知 N 已病故，不胜无常之感。忽然间N的往事，就成了全家谈话的材料了。下午到校授课，夜仍译《爱的教育》，只成千百字。

上例虽不甚佳，然可视为两方调和的一例。我国古来，日记中很有可节取的文字；案头现有《复堂日记》，摘录一节如下：

积雨旬日，夜见新月徘徊庭阶，方喜晴而础润如汗，雨意未已。二更猛雨，少选势衰，枕上阅洪北江《伊犁日记》，《天山客话》终卷。睡方酣，闻空楼雨声密洒，霆雷如百万军声，急起，已床屋漏矣。两炊许时，雷雨始息，重展衾枕，已黎明，是洪先生出关，车行三四十里时也。

这是清人谭复堂日记的一节，可以做小品文读的。笔法虽与现代的不合，但对于实生活的忠实的玩味力和表现力，是可以为法的。

一个人每日的生活必有几事可记的。一日的日记，如果分析起来，实有几个独立的小品文可成。通常日记不必使每一事实都成小品文，只要使一日的日记全体为一小品文，或于其中含一小品文就够了。上例就是于一日的日记中含一小品文的。

日记的价值可说的很多，练习文章也是价值之一。因为日记是实生活的记录，日记的文字可以打破一切文字上的陈套；要作好日记，非体会吟味实生活不可。所以从日记去学小品文是很适当的。

（2）书札。书札与普通文字径路不同，尽有能作普通文字而不能作书札的。书札有实用与非实用的二种。实用的书札普通都是随笔写成，不加功夫；至于非实用的，则非有练习功夫的人是不能作的。日常的书札中往往含有这实用的与非实用的两方面。例如：作书托友人介绍医生，而附述自己病床的景况，前者是实用的，后者是非实用的。又如：作书约友人来游，而叙述所在地的景物，前者是实用的，后者是非实用的。

讲到趣味，作书札比作日记更多，因为日记是独语，而书札却是对话了。知友把他的生活情况来报知我们的书札，我们都非常乐读；我们能于书札中表现我们的生活，使朋友晓得，他们将怎样地欢喜呢！

我国古来书札中，佳例很多。兹随录一二为例：

某启，两日疾有增无减，虽迁闸外，风气稍清，但虚乏尔。儿子何处得《宝月观赋》，琅然诵之。老夫卧听未半，跃然而起；恨二十年相从，知元章不尽。若此赋当过古人，不论今世也。天下岂常如我辈愦愦耶？公不久当自有大名，不劳我辈说也。愿欲与公谈，则实未能，想当后数日耶？

——苏东坡《与米元章》

某到黄陂，闻公初五日便发，由信阳路赴关，然数日如有所失也。欲便归黄州，又雨雪间作。向僧房申明窗下拥数块热炭，读《前汉书·戾太子传赞》，深爱之。反复数遍，知班孟坚非庸人也。方感叹而公书适至，意思豁然。稍晴暖，当扬帆江上，放舟还黄也。

——苏东坡《与李公择》

庭前小梅数株，绿衣素妆，娟好如汉宫人。幽斋无事，静对忘言。或时移书吟咏其下，攀条摇曳，暗香入怀。每当惠风东来，飘拂襟袖，挹其清芬，宛然如见故人。今虽飞琼碎玉，点点青苔；然片光孤影，独仿佛缭绕左右。倘能乘兴而来，巡檐一索，便可共吟楚些，共招落梅魂也。

——汤傅楹《与尤展成》

上所举的例虽与现代文体不同，然都能表示实生活，不只简单的排列要事，很能使受书的爱读，而且读了增加不少的兴趣。由此可知：要作好书札，非加入实生活的背景不可；若不将实生活做背景，文字就不能动人。试比较下二例：

（甲）昨日在某处遇见 H 君，知 S 君即将于下星期内赴英伦。我和 H 定于明晚在某处设宴饯行，特写信约你，请届期与会。

（乙）昨日在某处遇见 H 君，知 S 君即将于下星期内赴英伦。S君要赴英留学，原是早有所闻的，却不料别离有这样快！寥寥的朋辈中暂时将又少一人了。已和H约定，明晚在某处设宴饯行，特写信给你，请届期与会；于离别以前，大家再一亲S君的快活的面影，话一番小学时代的旧事吧。

这是编者漫然作成的例。（甲）和（乙）相较，（甲）是只列事实，（乙）是兼述生活和心情，（乙）较（甲）有情趣，读了自可了解了吧。

书札中能兼述生活情趣，就能不呆滞而饶兴味。这不但在本文中如此，随处都是这样。举一例说，即如署名下的月日就可有各种记法。“某月某日”，“某月某日灯下”，“某月某日游山归来”，“某月某夜蟋蟀声中”，这些记法，后面的比前面的，趣味就有多少的分别。

这里所应注意的，就是要真实无饰。若专袭套语，徒事修饰，是毫无用处的。只要能表现实生活，就可以使读者引起情趣；若徒把古人或今人的美辞丽句来套袭，就要成呆板讨厌的文字了。旧式书简中很多这种毛病，不可不知。

4. 小品文作法上的注意——着眼细处

小品文是记述实生活的一部分的东西，以描写部分为目的；要写全体的事象，当然不是小品文所能胜任的。所以作小品文必须注目于事物的细处，就极微细极琐碎的部分发见材料。习作小品文所以能使人的观察精细锐敏，原因就在这一点。试看下例：

（甲）鳞云一团，由西上升；飞过月下，即映成五色，到紫色缘边，彩乃消灭。团的月悬在天心，皎皎的银光笼罩着平和的孤村。四边已静寂了，地底下潜藏的夜气，像个呼吸似的从脚下冲发上来。

——《月夜》

（乙）一到半夜，照例就醒，醒了不觉就悄然。窗外有虫叫着，低低地颤动地叫着，仔细一听；就是每夜叫的那个虫。

我不知于什么时候哭了，低低地颤动地哭了。忽而知道，这哭的不是我，仍是那个虫。

——《虫声》

上二例都是描写秋夜的；一以月为题，一以虫声为题；一以景色为主，一以作者的心情为主。趣向不同，好坏虽难比较，然秋夜的情调，二者中，何者比较地能表示出来呢？不用说，后者胜于前者了。这个原因，由于（甲）欲以短小的文字写繁复而大的景物，（乙）却只写虫声（一个虫声）的缘故。

欲在一小文中遍写一切，结果必致失败。初学者作“春日游某山记”，往往将上午某时出门，途遇某友，由何处上山，在何处休息，何处午餐，游某寺某洞，某时下山，怎样回家等，列举于短小的文字中，结果便成了一篇板笨的行事账簿，当然没有什么趣味可得的。

不但描写景物是这样，即在抒情文、感想文、议论文中，也是如此。小品文的材料，与其取有系统的整个的，不如取偶发的、断片的。例如：

去年今日此门中，人面桃花相映红。人面不知何去处，桃花依旧笑春风。

这是崔护的诗，所以读了能使人感动，全在他能触物兴感，把偶发的断片的材料来活写的缘故。如果平铺叙述，把一切事件都说到，就成了“崔护某处人，一日在某处遇一女郎……”样的一篇东西，使人读了，最多也不过得着“哦，有这么一回事”的感觉罢了。

就事件的全体来做小品文的材料，结果只能得到点轮廓，不能得其内容。用譬喻来说，轮廓的文字好像地图，是不能作为艺术品的。我们要作绘画样的文字，不需要地图式的文字。因为从绘画上才有情趣可得，从地图上是不能得到的。

从许多断片的部分的材料中，选出最可寄托情感的一点拿来描写，这是作小品文的秘诀。好像打仗，要用少数的兵去抵御大敌的时候，应该集中兵力，直冲要害，若用包围式的攻战法，就要失败的。

5. 小品文作法上的注意——印象的

精细的部分的描写，胜于粗略的全体的叙述和说明；这是从前节已可知道的。那么，什么叫做描写呢？

描写是照了事象把它来从笔端现出的意思，和绘画所用的意义相同。说明固然不是描写，叙述也不是描写。旧式文章中说明和叙述的分子很多，近来的文章，除了批评文、感想文等以外，差不多都以描写的态度出之了。

我国古来纯文学作品中很有描写佳例，随录一二，读者当能了解描写的态度。

山色倒侵溪影，一路随孤艇。

——杨仪《桃源忆故人》

寒风吹水，微波皱作鱼鳞起。

——赵宽《减字木兰令》

仰视浮云驰，奄忽互相逾。

——李陵《与苏武》

斜日坠，荒山云黑天垂暮，时见空中一雁来，冷入残芦去。

——蒋冕《卜算子》

于上列各例，读者对于他们观察事物的精敏，大约佩服了吧！简单点说：描写就是观察的表出，不会观察事物的人是断不能描写的。前节所说的宁作小部分的描写，不可作全体的叙述和说明，换句话说，就是要描写的，不可是叙述的说明的。因为短小的文字中，若要装载整个的有系统的材料，必致流于说明叙述，结果便只存了轮廓而使内容完全空虚了。

但从另一方面看，所谓描写的就是“印象的”的意思。我们与事物相对时，心情中必有一种反应或感觉，这普通称为印象。描写是照了所观察的事象如实写出，就是要把印象写出。所以如果是描写的文字，必会成印象的文字。上面所举的描写诸例，都是印象的，都能将自己对于事物所得的印象传给读者。

将自己所得的印象，不加解释说明直现出来，使读者也得着同样的印象，这叫作“印象的”。试看下例：

（甲）才开窗，湿而且重的温风即吹来，花坛的花枝都带着水珠；蔷薇已落了许多，有几瓣还乱落在花坛外，沾着些泥土了。油也似的雨，还丝丝地亮晶晶地从檐口挂下，罗岩山山腰以上，无声地放着破絮似的云，铅样的湿烟，低低地笼罩湖水，一切都沉滞得如在水银中一样。

——《时雨的早晨》

（乙）起来正六时，天还未晴，开窗一看，湿而且重的温风就迎面吹来。花坛的花枝上都带着水珠，知道昨夜大雨。蔷薇已落了许多。这蔷薇是今年正月里亲自种的，前天才开，不料就落了。有几瓣还乱落在花坛外，沾着些泥土，这大约是昨夜风大的缘故吧。

油也似的雨，丝丝地亮晶晶地，从檐口挂下，不从檐口去看，却看不出。罗岩山山腰以上放着破絮似的云，天恐一时不会晴呢。铅样的湿烟，低低地笼罩湖水，一切沉滞得如在水银中一样。唉！真令人闷极了。

上面二例，(甲)只述目见的光景，(乙)则于述光景以外，又加入作者自己的解释或说明。读者读了，不消说是取前者不取后者的吧。因为前者比较容易把印象传给读者，且所传给读者的只有印象，所以读了容易感染。至于后者则像以谆谆的态度教示读者一样，读者读了感觉极不自由；且因所传给读者的不止印象，夹杂着许多不相干的东西，所以印象也就不能分明地传给读者了。

我国旧式文字中往往以作者自己的态度，强迫读者起同感。如叙述一悲事，结尾必用：“呜呼，岂不悲哉！”叙述一乐事，必要带“可谓乐事也已”之类。其实这是强迫读者的无理的态度。悲不悲，乐不乐，读者自会感受，何必谆谆然教诲人家呢？

描写！描写！部分的精细的分写，胜于全体的叙述和说明！再进一步说，要印象的描写！

6. 小品文作法上的注意——暗示

前节的所谓部分的描写，并非一定主张绝对地描写一部分，目的是要使人从部分看到全体。既然能印象地描写，把部分的印象传给别人，全体的影子必然在其中含着，所以必能将全体的光景暗示读者。说明的文字易陷于轮廓的，范围常有一定，文字就往往无余情可得；描写的文字部分虽小，范围却无限制，可以暗示种种复杂的情景于读者。所以数千字的说明、叙述的文字，有时效力反不及百字内外的描写的文字。小品文的价值大半在此。如果部分的描写，只能收得部分的效果，那就不是好文字。在这个意义上，小品文远比别的长文来得难作。据说，法国雕刻家罗丹雕刻一胸像的时候，先做一全像，完成了再截去手足，而只留下胸部以上的部分。作小品文也非用这样的态度不可。

不要说明的和叙述的，要描写的，要印象的，暗示的；

其实这许多话的根本完全相同。说明和叙述必无余情，能描写，自然会成印象的，同时也自然是暗示的了。试看下例：

邻家的柿树今年又结了许多的实了。这家有一个很可爱的小孩。去年这时候，他爬上树去摘那柿子，不小心翻下来了。他哭得不得了，他的父母赶快将他送到医院里去，结果左手带了残疾了。他垂下了左手走过这树旁的时候，总恨恨地对着树看的。真可怜呢！

——《柿树》

这例彻头彻尾是叙述的、说明的，并无趣味，也没有余情，使人读了不过得着一个大概的轮廓，除了说一句“原来如此”以外，并不会起何等的心情。试再看下例：

近地的孩子们笑着喊着，忘了一切捉着迷藏。从折手以后，就失了大将地位的芳哥儿，悄然地在他自己门口徘徊，恨恨地对着那柿树的弯曲的枝杈。他是因从这树上翻下，成了一生不可回复的残疾的。

圆圆的月亮，从柿树的弯曲的枝杈旁上来了，“月亮弯弯……”芳哥儿用眼角瞟视着在狂耍的俦伴，一面大声地唱了起来，眼泪忽然含不住了。

这例和前例面目就大异，芳哥儿的悲哀，以及好胜的性格、将来的运命等，都可在此表露，是有余情、有个性的文字。

前例是事情的全体，后例却只是一瞬间的光景，而效力上，后者反胜于前者。可知部分的印象的描写，可以暗示全体。前例是地图式的文字，后例却是绘画式的文字。

用了部分去暗示全体，才会有余情。在这里，可以觉悟小品文并不是容易作的，所得部分，要有全体做背景才可以，并且，部分与背景的中间，最好要有有机的不可分的关系存在。譬如水上浮着的菱，虽只现一小部分的花叶，但水中却有很繁复的部分潜藏着；而水中潜藏着的繁复的部分，和水上所现出的简单的部分还有着不可分的有机的关系。

暗示是小品文的生命，但所谓暗示可分两部分来看：一是笔法的暗示，一是材料的暗示。前者比较容易，后者实在很难。如能用暗示的笔法去描写暗示的材料，那就是最理想的了。前面所举的崔护的诗，其好处全在他能用暗示的笔法去描写暗示的材料。

7. 小品文作法上的注意——中心

前面曾说：小品文好像以寡兵抵大敌，非集中兵力，直冲要害不可。又说：如果取整个的多数的材料，不如细密写少数的部分的材料。这里所谓中心，也就是这种态度的别一方面。

所谓中心，就是统一的意思。小品文字数不多，如果再散漫无统一，必致减少效用，没有可以逼人的能力。试看下例：

仍不到六时就起来了。因循惯了的我，这几天居然把贪睡的恶癖矫正，足见世间没有什么难事，最要紧的就是克己。克己！克己！校中先生所带讲的“克己”二字的价值，到今方才了解。

盥洗以后，散步校园，昨夜新晴的天，又下起雨来。满想趁今日星期天出外游耍，现在看去，只好闷居在校里了。“不如意事常八九”，世间大概如此吧。

——《朝晨》

上例前后二段间并无何等的联络，所说的全是截然不同的事，就是无中心、无统一的文字，令人读了以后，不能得着整个的情味。这样的时候，倒不如把两种材料分作成两篇小品文。

没有中心，文字就要散漫无统一，散漫无统一的文字断不能动人。但所谓中心，不是一定限于事项的统一，事项虽不前后联络，只要情调心情上能统一时，仍不失为有中心的文字。例如：专写西湖的早景，是统一的；但于一短文中如果兼写西湖的早景、夜景、雨景而确能表出西湖风景的情调（地方色）时，仍不失为有统一有中心的文字。试再看下例：

狗叫过好几次了，父亲还没有回来。在洋灯旁缝着衣服的母亲，渐渐把针的运动宽松；手中的布也次第流到桌上去了。

邻家很远，大哥昨日到上海做学徒去了。窗外的风声，犬声，壁上的时钟声，以及母亲的轻微的鼻息声，都使我感着说不出的寂寥。

狗又叫近来了。母亲很无力地张开眼来，好像吃了一惊了似的，仍旧提起了皱罗罗布来一针一针地缝着。

夜不觉深了！

——《夜》

上例材料上并不统一，尽有前后无关系的事项。但情调却并不散漫，读了可以使人得着一个整个的寂寞无聊的感情。这就是以情调心情为中心的文字。

从此可知文字不可无中心，这中心用事项来做，或是用情调来做，是不必限定的。只要不是杂凑的文字大概自然都有中心可说，因为我们要忠实地写一事实或一情调时，绝不至于说东扯西，弄成无统一的文字的。

8. 小品文作法上的注意——机智

小品文如奇兵，平板的笔法断难制胜，非有机智不可。

我们观察事物，有正面观察和侧面观察二种。正面观察每多平板，常不及侧面观察的来得容易动人。因为正面的部分是大家都知道的，侧面的部分往往为人所不顾及的。能将人所忽略的部分从事观察，文字就容易奇警，而表现也容易成功。

相传有一画师，出了一个《花衬马蹄香》的画题，叫许多学生各画一幅。大多数的学生都从题目的正面着想，画了许多落花，上面再画一个骑马扬鞭的人。这是何等的杀风景呢！有一个聪明学生却不画一片的花瓣，只画一匹马，另外加上许多只随马蹄飞的蝴蝶；画师非常赞许。这是侧面观察成功的一例。

侧面观察就是于事物的普通光景以外，再去找出常人心中所无而实际却有的光景来；这虽有赖于观察力的周到，但基本却在机智的活动。凡是事物，无论如何细小，要想用文字把它表现净尽，究竟是不可能的事。用文字表现，要能使人读了如目见身历，收得印象，全在一二关于某事物的特色。只要是特色，虽很小很微，也足暗示某事物的全体。

例如：梅雨时候，要描写这梅雨天的光景，如果用平板正面的观察的方法来写，不知要用多少字才能写出（其实无论多少字，也写不完全的）。在这时候，假使有人把“蛛网”详细观察，发见“雾样的细雨，把蛛网糁成白色”的一种特别的光景，把这不大经人意的材料和别的事情景况写入文字中，仅这小小的材料，已足暗示梅雨天了。试再看下列各句：

（1）正午的太阳，照得山边的路闪闪地发白光。山脚大松树的树身上流着黄白色的脂浆。

——《暑昼》

（2）日光在窗纸上微微地摇动，落叶掠下来在窗影上画了很粗的黑线。

——《初冬晴日》

上二例都是侧面描写，并不琐碎地把暑日或初冬的光景来说，而暑日或初冬的光景却已活现了。

以上是从机智的一方面的说明。机智还可从别一方面说，就是文字有精彩的部分，和平常的部分可区别。文字坏的，或者是句句都坏；文字好的，却不是句句都好。一篇文中，有几句甚或只有一句好的，有几句平常的。在好的文字中，这好的几句的位置，常配得很适当。

在平常的文字中，加入几句使成好文字，这种能力是作文者大概必需的。特别地在作小品文时，这能力格外重要。在小品文中，要有用一句使全体振起的能力才好。试看下例：

弱小的菊科花开出来使人全不经意，却颤颤地冷冷地铺满了庭阶。无力的晚阳，照在那些花的上面，着实有些儿寒意。原来秋已来了。

——叶绍钧《母》

这文末句，是使全体统一收束的，在文中很有力量。如果没有末一句，文字就要没有统一，没有余情了。又如：

正坐在椅子上诵读英文，忽然一个蚊子来到脚膝下；被它一刺我身一惊，觉得很难忍；急去拍时，已经飞去了。没有多少时候，仍旧飞近我身边，做嗡嗡的叫声。我静静地等它来，果真它回到原处，它伸直了脚，用口管刺入我的皮肤，两翼向上而平，好像在那里用着它的全副精神似的。我拍死了它，那掌上粘湿了的血水，使我感觉复仇的愉快和对于生命的怜悯。

——某君《蚊》

这篇所以还算好的，关系全在末一句。如没有末一句，全体就没了意义。以上二例都是以末一句使全文振起的，其实有力的句子并不一定限于放在末了。

以上虽就描写文而说，其实所谓侧面观察，所谓一句使全文振起，不单限于描写文，在议论、感想等类的文字中，也很必要。在议论文感想文中，所谓“警句”者，大都是侧面观察成功的，有振起全文的能力的。例如：

戏子们何等幸福啊！他们自己随意选择了扮作喜剧或扮

作悲剧，要苦就苦，要乐就乐，要笑就笑，要哭就哭。在实生活上却不能这样。大抵的男女都被强迫了做着自己所不愿做的角色。这个世界是舞台，却没有好戏。

——王尔德

一日一日地过去，无论哪一日，差不多都是空虚，厌倦，无聊，在后也不留什么的痕迹！一日一日地过去，这些时间，原实是无意味无智的东西，然而人总希望共同生存。他们赞美人生。他们将希望摆在人生上面，自己上面，及将来上面。啊！他们在将来上面期待着怎样的幸福啊！

那么为什么，他们认作来日不像正在过着的今日一样呢?

不，他们并未想过这样的事，他们全不喜想，他们只是一日一日地过去。

“啊！明日，明日！”他们只是这样自慰，直到“明日”将他们投入坟墓中去为止。

可是一等入了坟墓，他们也就早已不想了。

——屠格涅夫

上二例都是名文，寥寥数言中，实已喝破真理的一面。其末句都很有力，使人读了怒也不是，哭也不是，笑也不是，不知如何才好。又本章第一节所举的《鸡》，差不多全体是警句，可以参照。

9. 实际做例和添削

（1）第一步文有用了想象做的，如冒险小说之类，其中所描写的都非作者目见亲历之境，只是想象的产物。就是普通文字中，也不无想象的分子夹杂。但初学的人用想象作文，实不如从观察作文稳当。观察第一要件在真实，观察力若尚未养成，所想象的也难免不合实际。如画家然，必先从摹写实物、人体入手，熟悉各种形态、骨骼、筋肉的变化，然后可从事创作。

但是眼前的材料很多，从哪里观察起呢？这本不成问题，所以发生这疑问实由于着手就想创作名文的缘故。老实说，名文并不是一蹴可就的。在初时，最好就部分的平凡事物中搜集材料，逐渐制作，渐渐地自会熟达，成近于名文的文字。文字的好坏本不在材料的性质，而在表现的技能。善烹调的无论用了怎样平常的原料，也能做出可口的肴馔来。世上森罗万象，一入能文者的笔端就都成了好文章了。

（2）由材料到成文字无论什么材料都可用，只要仔细观察了，把它写出来就成文字；这样说法，作文不是很容易的吗？其实这是大大的难事。写出原是容易，但要将自己所观察得的依样传给别人，使别人也起同样的心情，这却很难；并且不如此，文字就没了意义了。

现在试示一二做例吧：

假定我们观察春日的田野，在笔记本上，得到下列的材料：

①草青青地长着，草上有两只蝴蝶在那里翩翩飞舞，一只是黄蝴蝶，一只是白蝴蝶。

②小川潺潺流着，水面被日光反射成银白色。

③远远的树林晕成紫色，其上飘着蓬蓬的白云。

④两只老鹰在空中回旋，不时落近到地面来。

⑤温风吹在身上，日光照在头上，藉草坐了，竟想睡去，我不禁立了唱起歌来了。

材料有了，更要把这材料连缀起来成为文字。那么怎样连缀呢？先就全体材料的性质考察：草——蝴蝶——小川——树林——云——老鹰——温风——日光。这里面，树林和云是远景，老鹰也比较远，草、蝴蝶、小川是最和作者相近的。照普通的顺序，先说近的，后说远的，原来的排列似乎也没大错。但依原形连缀拢来，究竟不成文章：第一，接合不稳；第二，词句未净。

①句虽明了，但是不干净，多冗词。“草”“草上”“两只蝴蝶”“黄蝴蝶”“白蝴蝶”相同的名词叠出，文趣不好；应改削如下：

青青的草上，有黄白二蝶翩翩飞舞。

这样就够了。②没有什么可删，原形也可用。不过突然与①联结，文有点不合拍。如果加入一句“草的尽处”，连接起来就不突兀，并且景色也较能表出。

其次是③和④了。这二者要互易顺序，景物才能统一，为了与上文连接及表出春日的心情起见，上加一句“抬起倦眼仰望”，更得情味。其余一仍其旧，将全体连缀起来如下：

青青的草上，有黄白二蝶翩翩飞舞。草的尽处，小川潺潺流着，水面被日光反射成银白色。

抬起倦眼仰望，两只老鹰在空中回旋，不时落近在地面来。远处的树林晕成紫色，其上飘着蓬蓬的白云。

温风吹在身上，日光照在头上，藉草坐了竟想睡去，我不禁立了唱起歌来了。

这样，文虽不工，但繁词已去，连接也无大病，春野的景色，春日的情感，已能表出若干了。

再示一例吧。假如有这样的一篇学生日记：

某月日，星期。

早晨，近处有一小孩被车子碾伤，门前大喧扰。我只在窗口望了一望，不忍近视。后来知道，这受伤的小孩是某家的独子，送入病院以后即受手术，但愿能就医好。

正预习着明日的功课，李君来了。乃相与共同预习。

所预习的是英语。二人彼此猜测先生的发问，不觉都皱了眉。

午餐与李君谈笑共食。

午后到李君家，适他家有亲戚来，李君很忙，我就回来了。

傍晚无事。

灯下继续预习毕，翻阅小说，至敲十一点钟，始惊觉就寝。

先就第一节看，所记的是偶发事项，与自己无直接关系；似乎是可记可不记的材料。如果要记，应只用简洁的词句，不应这样冗长。可改削如下：

早晨，有一个小孩在门口被车子碾伤。附近大喧扰。听说就送入医院去了。

这样已够，再改作如下，则更好。

早晨，有一个小孩在门口被车子碾伤，为之怆然。

“为之怆然”这是感情的语句，加入了可以表出当时的心情。这种表示感情的语句，要简劲有余情，能含蓄丰富才好。

再检查第二节。这节中末句“皱了眉”很好，但开端太冗滞，宜改削如下：

正预习明日的英语，李君来了。乃相与共同预习。彼此猜测先生的发问，不觉皱了眉。

原文，“预习”两见，“所预习的是英文”，是无谓的说明。改作如上，就比较妥当了。

第三节无病。第四节“他家有亲戚来”云云，也与自己无关系，可省略，改如下：

午后因送李君，顺便一到他家就归。

第五节的“傍晚无事”全是废话；无事，无事就是了，何必声明呢？当全删。

第六节无病；末句能表出情味，不失为佳句。

10. 分段与选题

（1）文的分段。文字的分段和句逗性质一样，同是表示区划的。最小的区划是逗，其次是句，再其次是段。有时还有空一行另写，表示比段更大的区划的。

分段不但使文字易读，且使文字有序不紊。分段有长有短，原视人而不同，但大体也有一定的标准，就是要每段自成一段落。用前节的例来说：

青青的草上，有黄白二蝶翩翩飞舞。草的尽处，小川潺潺流着，水面被日光反射成银白色。

抬起倦眼仰望，两只老鹰在空中回旋，不时落近在地面上来，远处的树林，其上飘着蓬蓬的白云。

温风吹在身上，日光照在头上，藉草坐了竟想睡去，我不禁立了唱起歌来了。

这文是分做三段写成的。第一段着眼近处，第二段着眼远处，两不相同，所以换行另写。第三段是心情的抒述；和前二段叙述事物的又不同，所以再别做一段。换一着眼点，就把文字分段，这是普通的标准。

所要注意的就是标准只是相机而定的。例如上文第一段所包含的事物有草、蝶、小川三项；如果在全文描写精细，不这样简单的时候，那么由草而蝶，由蝶而小川，都可说是着眼点的更换，就都应分段了（下面二段也是这样）。上文所以合为一段，一因文字简单，二因所写的都是近景的缘故。

分段还有把每段特别提出的意思，能使分出的文字增加强度。有时，往往因为要想使某文句增加强度，特意分行写列的。试看下例：

K君从车窗探出头来说“再会”，我也说了一声“再会”，不觉声音发颤了。K君也把眼圈红了起来。汽笛威吓似的一作声，车就开动。我目送那车的移行，不久被树林遮阻，眼前只留着一片的野原。

啊！K君终于去了。

我不觉要哭起来了。

这文末二句原可并为一段的，却做二行写着。分段以后，语气加强，连全文都加了强度了。能适当分段也是文章技巧之一，但须入情合理，不可无谓妄饰。

（2）题的选择文字中，有先有题目，后有文字的；有先有文字，后有题目的。旧式文字往往先有题目，随题敷衍。其实，好的文字都是作者先有某种要写的事物或思想情感，如实写出，然后再加题目的。特别地在小品文应该如此。

题目应随文的内容而定，自不容说。但陈腐的题目不能令人注目，有时因题目陈腐，使本文也惹了陈腐的色彩。过于新奇呢，又易使读者读了本文失望。所以题目非推敲斟酌不可。

举例来说：前节所列春日写景的文字，如果要定起题目来是很多的，《春野》《春景》《游春》等都可以。但我以为不如定为《藉草》来得切实而不落陈套。

在小品文中，文字须苦心制作，题目也须苦心制作。题的好坏，有时竟有关于文的死活。尽有文字普通，因了题目的技巧，就生出生气来的。

今天母鸡又领了一群小鸡到篱外来了。其中最弱的一只，赶不上其余的，只是郎当地在后跟着。忽然发出异常的叫声，挣扎飞奔，原来后面来了一只小狗。母鸡回奔过来，绕在那小鸡后面，向小狗做着怒势。小鸡快活地奔近兄弟旁边去，小狗慑于母鸡的威势，也就逃走了。

——《亲恩》

这文材料很普通，文字也没有十分大了不得，但《亲恩》这题目实有非常的技巧。因了题目好的缘故，平凡的本文也成了奇警了。这是用题目来振起全文的一例。